M⁻

VOUS NOUS ÉCRIVEZ...

Mes félicitations les plus enthousiastes pour la série Désir ! J'ai particulièrement aimé " Troublante Louisiane", qui m'a permis de découvrir un univers que je ne connaissais pas : la chanson de Jazz, la Nouvelle-Orléans et son vieux quartier français. Et puis aussi une histoire d'amour comme on en rêve en secret...

Bravo à Duo !

Emeline R. *Guadeloupe*

Série Désir

SUSANNAH HART

Etrange fascination

Duo

Les livres que votre cœur attend

Titre original : *Nobody's Baby* (72)
© 1983, Susannah Hart
Originally published by Sɪʟʜᴏᴜᴇᴛᴛᴇ Bᴏᴏᴋs,
division of Harlequin Enterprises Ltd,
Toronto, Canada

Traduction française de : Serge Wojciechowski
© 1985, Éditions J'ai Lu
27, rue Cassette, 75006 Paris

1

C'est trop dangereux. Et beaucoup trop risqué ! songeait Leslie.

Plus le moment crucial approchait, plus Leslie Daniels se sentait nerveuse. Le taxi s'arrêta à un feu rouge, au coin de la 60e Rue et de la Cinquième Avenue. Elle se tourna vers Bonnie sans chercher à dissimuler son inquiétude.

— Mais pourquoi ai-je donc promis d'y aller ? Son amie la regarda et haussa les épaules.

— Voyons ! Nous en avons déjà parlé des dizaines de fois !

Leslie eut un pauvre petit sourire.

— C'est vrai ! Excusez-moi, Bonnie. Mais vous êtes la seule personne qui soit au courant.

— Voilà ce que c'est que d'avoir une double vie, ma chère. Bien entendu, vous ne pouvez pas le raconter à tout le monde !

— Dans votre bouche, tout cela prend des proportions extraordinaires. Mais si seulement...

Le chauffeur interrompit la conversation. Il avait un terrible accent de Brooklyn.

— Il faudrait vous décider, le compteur tourne ! Je me gare ou je continue ?

— Déposez-nous donc en face du Plaza.

— Le Plaza ? Je parie que vous allez à un mariage ? J'aurais dû m'en douter, à voir votre robe, mademoiselle.

Leslie n'eut pas le temps d'ouvrir la bouche. Son amie répondit pour elle.

— Mais non ! Elle va à la réception des auteurs de romans policiers. Elle est sélectionnée pour un Edgar, vous savez.

— Ah oui ? Magnifique ! Mais dites-moi, c'est quoi, au juste, un Edgar ?

— Un prix littéraire. Décerné en mémoire d'Edgar Allan Poe, le célèbre précurseur du genre policier.

— Et vous l'avez ?

— Non. Je suis seulement sur la liste de ceux qui peuvent l'obtenir.

— Ce n'est pas si mal, non ?

Bonnie acquiesça vigoureusement :

— Tout à fait mon avis. Il faut absolument que vous y alliez.

— Et si quelqu'un me reconnaît ? J'ai une sorte de pressentiment...

— Permettez-moi de vous dire que vous délirez complètement. Imaginez-vous seulement une seconde les gens de la fondation au Plaza ? Ils auraient bien trop peur de se faire contaminer par l'argent. Et puis de toute façon, vous n'avez vraiment pas votre allure habituelle. Je suis sûre que personne ne vous reconnaîtrait.

Bonnie faisait une telle mimique quand elle parlait de la fondation que son amie ne put s'empêcher de rire une fois de plus. Mais elle n'était pas convaincue par les arguments. Certes, aujourd'hui, ses longs cheveux blonds étaient dénoués et lui descendaient sur les épaules, ce qui changeait beaucoup du petit chignon bien sage qui était sa coiffure ordinaire. Sa robe du soir en soie bleu pâle lui arrivait aux chevilles et lui laissait les épaules nues ; elle était ornée d'une broche ancienne sertie de diamants et d'aigues-marines. Cela ne lui ressemblait pas de porter un vêtement de ce style, mais, en somme, il ne s'agissait que d'un camouflage. Cette jeune femme élégante n'en était pas moins la timide Leslie Daniels qui, malgré ses vingt-trois ans, n'avait encore jamais assisté à une réunion mondaine sans être accompagnée par sa terrible tante.

Avec précipitation, la jeune femme ôta sa bague de diamants et la glissa dans la main de Bonnie.

— Tenez. Prenez ceci.

— Votre bague ? Mais pourquoi ?

— C'est un bijou de famille des Clinton. Quelqu'un pourrait la reconnaître.

Bonnie éclata de rire.

— Mais ma pauvre amie, vous êtes complètement folle ! Vous croyez vraiment que la famille d'Harald est en train de rôder par ici ? Les bijoux de famille des Clinton sont donc si célèbres que ça ?

Leslie secoua la tête.

— On ne sait jamais. Ce serait bien ma chance d'être reconnue ! Vous feriez bien de prendre ça aussi pour plus de sûreté.

Elle enleva ses lunettes et les passa à Bonnie. Ainsi privés de leur protection habituelle, ses yeux paraissaient encore plus grands, plus bleus et plus lumineux.

— Est-ce bien raisonnable ? Le déguisement est parfait et, soit dit en passant, vous avantage absolument. Faut-il pour autant vous rendre à moitié aveugle ?

— Ne vous inquiétez pas, je me débrouillerai.

Le taxi s'arrêta devant la façade imposante de l'hôtel Plaza. Leslie prit une grande inspiration et leva les yeux vers les gratte-ciel perdus dans la brume.

— Alors, mademoiselle ?

Elle sourit bravement.

— En avant ! Si je n'y vais pas, je passerai le reste de ma vie à me demander ce que j'ai manqué.

Elle ouvrit la porte et descendit.

— Pensez à moi. Je suis en train de jouer avec le feu.

— C'est pour ça qu'il est fait !

Leslie n'entendit pas cette dernière remarque, car le taxi s'éloignait déjà.

Tandis qu'elle pénétrait dans le grand salon, Leslie sentait son courage faiblir. Chacun paraissait à l'aise et bavardait en riant haut et fort. La jeune femme se sentit soudain toute petite, perdue et terriblement vulnérable.

— Vous attendez quelqu'un ?

Elle sursauta et leva les yeux. L'homme qui venait de lui adresser la parole était grand et brun ; il la regardait avec sympathie. Son léger accent et la coupe impeccable de son costume de tweed ne laissaient aucun doute sur sa nationalité : il était anglais jusqu'au bout des ongles.

— Non...

— Comment ? Vous voulez dire que vous êtes seule ? Mais c'est une chance ! Voilà : ma femme a été retenue à Londres parce qu'un de mes fils s'est cassé la jambe en tombant d'un arbre. Alors, je suis seul, moi aussi.

Il souriait à Leslie comme à une vieille amie perdue de vue depuis longtemps.

— Je priais le ciel de m'envoyer quelqu'un pour partager ma table, mais je n'osais rêver d'être exaucé de façon aussi charmante. Je suis Ken Powell.

— Je sais.

Leslie avait déjà vu sa photo sur la jaquette de ses livres. Le dernier best-seller de Powell partait favori pour le prix du meilleur roman policier.

— Vous serez peut-être le gagnant, ce soir, n'est-ce pas ? Je vous souhaite bonne chance.

Il sourit.

— Merci. Je fais de mon mieux pour avoir l'air décontracté, mais je n'en mène pas large. D'ailleurs, ma femme Alicia dit que je n'y arriverai jamais. Pourtant c'est la troisième fois de suite que je suis sélectionné !

— Eh bien ! Comme le dit l'adage, la troisième sera la bonne. Et puis, *L'Enfer à marée haute* est un livre formidable.

— Vous n'êtes pas seulement belle, vous êtes aussi très aimable. Venez donc dîner avec moi. J'insiste.

Leslie hésitait. Elle aurait bien aimé continuer à bavarder avec Ken Powell, mais c'était un risque qu'elle ne pouvait courir.

— Ç'aurait été avec plaisir, mais je... j'allais m'en aller.

— Vraiment ?

— Oui. Je... j'étais juste venue prendre un verre.

Il considéra sa robe du soir.

— Cette tenue me laissait penser que vous étiez invitée à cette petite fête. Excusez ma méprise.

Le visage de la jeune femme s'empourpra.

— Il faut que je parte.

Il prit un ton indifférent pour déclarer :

— Vous savez, je n'essaie pas de vous séduire.

— Je n'ai pas supposé une chose pareille.

Il haussa les sourcils.

— Mais si. Et vous aviez bien raison. Si j'étais célibataire... J'aime bien votre compagnie, c'est tout. Alors, si vous avez envie de rester...

Leslie se mordit la lèvre. Bien sûr, elle en avait envie ; elle était même venue pour cela.

— Bon. D'accord. Allons-y !

— Voilà une bonne décision !

Ken la prit par le bras et ils se dirigèrent vers la salle à manger.

Sans ses lunettes, Leslie discernait comme à travers un brouillard vaporeux les lustres de cristal, les sièges recouverts de velours, les bouquets de tulipes et d'anémones qui ornaient chacune des petites tables. Des bougies faisaient clignoter dans la pièce des dizaines de lumières tremblantes.

— Trouvons-nous une table pour deux, d'accord ?

— Bien sûr.

— Encore une chose avant de nous installer. Je ne vais pas vous appeler mademoiselle toute la soirée. Vous avez un nom, sans doute ?

— Mais oui ! Je m'appelle...

Elle s'arrêta net. Ce soir, elle était une autre. Il fallait qu'elle s'en souvienne. Son hésitation n'avait duré qu'un instant.

— Je m'appelle Fanny Duvall.

Un nom plein d'exotisme, pensa-t-elle. Un nom avec lequel tout était possible.

— Fanny Duvall... Attendez... *La Femme aux poisons*, c'est bien de vous, n'est-ce pas ?

Leslie rosit de plaisir et hocha la tête.

— Petite cachottière. Félicitations ! Vous êtes sélectionnée, je crois ?

— Oui, pour le prix du meilleur premier roman. Ce n'est pas aussi flatteur que...

— Mon premier roman à moi ne méritait même pas une médaille en chocolat. Je comprends maintenant pourquoi vous aviez cet air perdu, tout à l'heure. Dur moment, n'est-ce pas ?

Ils se dirigèrent vers une table un peu en retrait. Un serveur leur apporta aussitôt deux coupes de champagne.

— Avec vous, je me sens mieux, Ken.

— Il faut se soutenir mutuellement, dans ces cas-là. Allons, à notre succès !

Il leva son verre.

Les mains de la jeune femme tremblaient légèrement quand elle porta la coupe à ses lèvres.

— Ne soyez pas si nerveuse. Vous allez gagner, c'est sûr.

— Ce n'est pas sûr du tout ! On ne gagne pas comme ça ! Je m'attends à bien des épreuves avant de réussir.

— Ce n'est pas une perspective bien gaie !

— Je n'ai pas eu une vie très gaie jusqu'à présent.

Frappé par le ton grave de ses paroles, Ken demanda gentiment :

— Vous voulez en parler ?

— Non, pas aujourd'hui, Ken. Dites-moi plutôt ce que vous écrivez en ce moment.

Il éluda la question, par superstition prétendit-il. Peu à peu, Leslie se détendit et, à la fin du repas, ils riaient ensemble comme deux vieux amis. Tout à coup, Ken désigna un groupe d'individus, dont plusieurs portaient des caméras.

— Ça alors ! Regardez ! Une équipe de télévision !

La jeune femme sursauta comme si elle venait d'être piquée.

— Mais... Ken ! Ce n'est pas possible ! Que font-ils ici ?

— La remise des Edgar, ce n'est pas rien, ma chère. Un prix littéraire est toujours un événement.

Leslie attrapa son sac et se leva d'un bond.

— Il faut que je m'en aille.

— Fanny ! Asseyez-vous donc. Vous ne partirez pas maintenant. On va annoncer les résultats dans quelques minutes.

— Mais vous ne pouvez pas comprendre ! Je ne savais pas qu'il y aurait un reportage télévisé.

Ken fronça les sourcils.

— Et alors ? Je ne vois pas le problème.

— Je vous en prie, ne me posez pas de questions. Il faut que je parte. Et tout de suite.

Elle jeta un coup d'œil autour de la pièce pour essayer de s'éclipser sans se faire remarquer.

— Il faut que je me dépêche.

— Vous ne partirez pas sans me dire pourquoi !

Vous ne pouvez pas me laisser tomber comme ça, tout de même !

— Ce n'est pas votre faute, simplement...

— Que voulez-vous dire, à la fin ?

Ken se souleva de sa chaise et posa une main sur le bras de Leslie pour la retenir. La jeune femme se rendit compte qu'il n'hésiterait pas à la suivre si elle essayait de partir.

Complètement affolée, elle murmura d'une voix à peine audible :

— Il ne faut pas qu'on me voie à la télévision. Laissez-moi partir avant qu'il ne soit trop tard !

Bouche bée, Ken ouvrit de grands yeux. Puis un sourire naquit sur ses lèvres.

— Fanny Duvall. Ainsi, c'est donc ça ! Je comprends, maintenant : vous avez une double vie !

Leslie ne pouvait le nier. Elle se sentait traquée et se tordait nerveusement les mains en essayant de trouver une explication plausible. Si au moins elle y avait pensé plus tôt ! Le pire était qu'elle ne pouvait raconter n'importe quoi à un homme tel que Ken !

Leurs regards se croisèrent.

— J'ai deviné, n'est-ce pas ?

Incapable de répondre, elle hocha la tête.

— Si la télévision vous présente comme Fanny Duvall, romancière, cela fera grand tort à ce que vous êtes réellement ?

Elle acquiesça une nouvelle fois.

— Alors, vous êtes dans une sale situation ?

— Vous pouvez le dire !

Ken siffla entre ses dents et la regarda attentivement.

— Juste une supposition, Fanny, mais ne sautez pas au plafond ! Admettons que vous passiez à la télévision et que l'on vous reconnaisse. Ce serait vraiment une catastrophe ?

— Tout bien considéré, je préférerais mourir.

— A ce point ?

12

Elle leva les yeux vers Ken. Gentiment, il prit sa main et la posa sur la nappe blanche.

— Excusez-moi. Je ne savais pas que c'était si grave.

— Ne vous excusez pas. J'espère seulement que je n'ai pas gâché votre soirée.

— Gâché ma soirée ? Vous voulez rire ? Elle ne pouvait être meilleure. J'adore ce genre d'aventure. Ne vous inquiétez pas, nous allons vous tirer de ce mauvais pas.

— Je n'aurais pas dû venir. Je sentais bien que cela risquait de mal se passer. Mais je n'ai pas pu me retenir de venir quand même.

— Attirée comme un papillon par une lampe ?

— Vous allez penser que j'ai agi par pure vanité, parce que je pensais gagner. Mais le prix n'a pas d'importance pour moi. Vraiment. Tout ce que je voulais, c'était être ici, savoir si je m'y sentirais à ma place.

Elle avait du mal à trouver ses mots et sa voix en devenait presque inaudible.

— Voyez-vous, depuis la mort de mes parents, je ne me suis jamais vraiment sentie à ma place nulle part, alors j'ai pensé essayer...

Sa voix se brisa.

— Ne vous inquiétez pas et essayons d'analyser les problèmes. Personne ne doit savoir que vous, qui que vous soyez, et Fanny Duvall n'êtes qu'une seule et même personne, c'est bien cela ?

Leslie acquiesça.

— Pourquoi donc ? Ecrire un livre n'est pas un crime. Fanny Duvall n'a rien fait de répréhensible ! s'exclama-t-il avec humour.

— Sans doute, mais ma famille et mon employeur ne trouveront pas ce livre convenable.

— Grands dieux ! Je suis tombé sur une bonne sœur !

Malgré son affolement, elle se mit à rire.

— Vous travaillez pour une de ces ligues de vertu qui nous menacent et de l'enfer et de la censure ?

Ken semblait très intrigué, et la jeune femme se dit qu'il avait droit à quelques précisions.

— Pas tout à fait. Je me dévoue pour une œuvre de bienfaisance. Nous recueillons des fonds pour venir en aide aux habitants des quartiers pauvres. Ce n'est pas un organisme confessionnel. Toutefois, nous collaborons avec des associations religieuses. Notre image et notre réputation se doivent d'être sans tache.

— Mais cela concerne aussi votre vie privée ? Vous ne devez ni boire, ni fumer, ni jurer, ni lire des livres qui choquent la moralité ? Qui êtes-vous donc ? La femme du pasteur ?

— Oh ! C'est bien pire. Je suis la fille du fondateur de cette association. Il y a environ vingt ans, dans le Mississippi, mon père a été tué au cours d'une manifestation pour les droits civiques des Noirs. La fondation existe toujours, et c'est la sœur de mon père qui la dirige. Nous essayons de poursuivre son œuvre.

— Je vois. Et je parie que tout le monde a des idées bien arrêtées sur ce que doit faire la fille du fondateur ?

— Et surtout sur ce qu'elle ne doit pas faire !

— La fondation n'aimerait pas *La Femme aux poisons* ?

— Vous voulez rire ? Oubliez-vous qu'il s'agit d'un roman policier ?

— Ecoutez : un jour, j'ai écrit un livre sur un meurtrier. Je n'en suis pas un pour autant ! répliqua-t-il avec une logique désarmante.

— Allez donc le dire à ma tante Prudence !

— Elle est du genre puritain, je suppose.

— Disons que la tolérance n'est pas son fort.

— Et elle s'occupe de la fondation ?

— Oui. Elle est également mon seul parent et mon patron.

14

— Un vrai poison sur tous les plans, en somme !

— Vous pouvez rire ! Pour moi, c'est vraiment une question de vie ou de mort. Depuis la disparition de mon père, tante Prudence a toujours tout régenté à la maison et je n'ai jamais osé lui tenir tête.

— Et votre livre ?

— Je l'ai écrit pour m'amuser. A l'époque, j'étais encore à l'université. Mais je n'aurais jamais cru que *La Femme aux poisons* finirait par être publié.

— Pourtant, vous avez essayé, et voilà le résultat. D'un geste large, Ken lui montra la salle.

— Je vous donne gagnante dans un fauteuil, comme on dit aux courses. Vous allez voir, en un rien de temps, vous allez quitter vos bonnes œuvres pour écrire à plein temps.

— J'en rêve.

— Vous y arriverez : il suffit de le vouloir.

Leslie s'était rassise. Elle baissa le nez vers sa tasse de café pour cacher son trouble. Ken avait vu juste. Son plus cher désir était de gagner sa vie en écrivant. Mais comment quitter la fondation ?

— Fanny, il n'y a plus d'esclaves depuis Lincoln, vous savez. Vous avez assez de talent pour pouvoir en vivre. Alors, pourquoi ne pas couper les ponts ?

— Oh ! L'argent ne serait pas un problème. Ce n'est pas ce qui me fait peur.

— Alors quoi ? Vous pensez trahir la mémoire de votre père ? Vous savez, vous n'êtes pas la première à vouloir quitter une affaire de famille.

— Ce n'est pas si simple...

— Essayez donc ! Si vous vous sentez vraiment trop coupable, vous pourrez toujours faire machine arrière !

— Mais je crois en la fondation ! On a besoin de moi et je suis fidèle à la mémoire de mon père.

— Pourtant, il vous faudra bien voler de vos propres ailes un jour ou l'autre.

— Un jour, oui. Pour l'instant, je ne suis pas prête.

— L'est-on jamais ? *La Femme aux poisons* peut l'emporter, vous savez. Ça serait une publicité formidable pour la fondation, non ?

— Non ! On ne me le pardonnerait pas.

— Vous pardonner quoi ? Votre tante ne va quand même pas croire que vous avez tué une demi-douzaine de personnes pour vous documenter ?

— Non, mais elle dira que j'ai sûrement...

— Sûrement quoi ?

La jeune femme baissa la voix.

— Sûrement eu beaucoup de relations avec des hommes pour raconter ce genre d'histoire.

— Ma petite Fanny, un seul suffit, s'il est bien.

Leslie rougit et détourna les yeux. Le sujet l'embarrassait. Certes, à vingt-trois ans, elle n'était plus une gamine ; elle était même fiancée à un homme que toutes les femmes lui auraient envié. Pourtant, cette relation ne la satisfaisait pas. Sans doute était-elle incapable d'éprouver la passion...

C'est alors qu'elle le vit.

Il passait entre les tables d'un pas décidé. Sa silhouette rappelait quelque chose à Leslie. Elle cligna des yeux pour essayer de le reconnaître.

Il avait les cheveux bruns très fournis, le front haut, le menton volontaire, la bouche sensuelle. Mais ce qui frappait le plus en lui, c'était l'extrême vivacité de son regard, l'élégance précise et souple de tous ses mouvements. Cet homme était terriblement séduisant et, pour ajouter à son charme, manifestement très intelligent.

Elle serra le bras de Ken.

— Regardez ! C'est Nick Justin ! Il a les yeux fixés sur nous !

— Nick Justin ? Où ça ?

Même un Anglais comme Ken n'avait pas besoin d'explication. Les émissions télévisées de Nick étaient célèbres dans le monde entier pour leur mordant et leur ironie.

— Chut ! Ken. Vous ne voyez pas qu'il nous regarde ?

Elle fit un léger mouvement pour que sa longue chevelure lui cache le visage. Mais Ken était très intéressé.

— Tiens, tiens... Je me demande ce que nous avons fait pour attirer son attention. Je ne savais pas que l'association des auteurs de romans policiers intéressait des gens comme Nick Justin !

Il lui pinça la main.

— Du calme, Fanny. Vous avez l'air paralysée par la peur.

— Il faut que je m'en aille ! Il vous a reconnu, j'en suis sûre. Dans dix secondes, il vient vous interviewer.

— Moi ? Allons donc ! Ce type connaît son métier. S'il n'était pas capable de remarquer la plus jolie femme de la soirée, il ne mériterait pas sa réputation !

— Oh ! Mon Dieu !

A quelques mètres, Nick Justin la regardait droit dans les yeux, comme s'il voulait l'hypnotiser. Quand il se mit à avancer vers sa table, Leslie se leva et repoussa sa chaise.

— Ça suffit. Je m'en vais.

— Impossible.

— Et pourquoi donc ?

— Le jury va annoncer les résultats. Vous voulez vraiment vous faire remarquer ?

— Si je suis lauréate, prenez mon trophée. Vous direz que je me suis sentie mal.

— Et vous croyez que Nick Justin va avaler ça ? C'est le meilleur moyen de le convaincre que vous avez quelque chose à cacher. Je parle sérieusement, Fanny. Un auteur de romans policiers devrait savoir que si l'on fuit, c'est que l'on est coupable.

— Je me moque de ce qu'il pensera ! Tout ce que je veux, c'est être ailleurs.

— Si vous continuez comme cela il y aura toujours quelqu'un pour vous faire peur : Justin, votre tante ou qui sais-je encore. Si vous n'êtes pas capable de vous débrouiller toute seule, ils seront trop contents de décider pour vous.

— Vous êtes injuste.

— La justice n'a rien à faire là-dedans. Vous vouliez savoir si vous étiez à votre place, ici. C'est ce qu'on va voir. Vous avez le choix : ou vous vous conduisez en adulte, et vous faites front, ou vous vous ridiculisez à vos propres yeux en prenant la fuite.

Ken venait de piquer la jeune femme au vif. En elle se mêlaient la peur du danger et le désir de lutter. Mais, surtout, elle savait bien qu'en détalant comme un lapin elle baisserait non seulement dans l'estime de Ken, mais encore dans la sienne propre, ce qui était plus grave.

Il fallait qu'elle reste.

Leslie se rassit sur sa chaise. Ken sourit, approcha son siège et lui passa un bras autour des épaules.

— Bravo, Fanny ! On dirait que les choses sérieuses vont commencer.

Sur l'estrade, un homme avait pris le micro.

La jeune femme chuchota :

— Vous avez beau dire, si je gagne, je ne pourrai jamais aller jusque-là et faire face aux caméras !

— Il faut voir les choses du bon côté. Peut-être perdrez-vous ?

Leslie ne put s'empêcher de rire. Evidemment, la meilleure des solutions serait qu'elle n'ait pas le prix, qu'elle ne doive pas se montrer et que Nick Justin l'oublie instantanément.

Oui, mais elle gagna !

A l'énoncé de son nom, Leslie n'en crut pas ses oreilles et resta figée sur son siège. C'est seulement lorsque Ken l'embrassa sur la joue et la força à se lever qu'elle se rendit compte de ce qui lui arrivait : *La Femme aux poisons* avait reçu l'Edgar ! Comme dans un rêve, elle marcha jusqu'à l'estrade, prit d'une main tremblante le petit buste d'Edgar Allan Poe qu'on lui tendait et parvint même à prononcer quelques mots de remerciement.

Sans ses lunettes, et éblouie comme elle l'était par les projecteurs de la télévision, Leslie ne voyait pas grand-chose. Pourtant, elle reconnut Nick Justin qui, planté au premier rang, ne la lâchait pas des yeux.

En descendant de la tribune, elle courait presque. C'est à ce moment-là qu'elle entendit les applaudissements. Des tonnerres d'applaudissements. Elle regarda le buste qu'elle tenait dans ses mains. Il était tout ce qu'il y avait de plus réel. Il était à elle ! Avec un sourire de joie, elle le serra contre elle et rejoignit sa place d'un pas plus assuré.

— Alors ? Cela aurait été dommage de manquer ça, non ?

Elle renvoya à Ken un sourire timide.

— Ken... *La Femme aux poisons*... Trouvez-vous vraiment que ce roman soit bon ?

— Evidemment. Vous ne le saviez pas ?

— Pas vraiment. Je n'étais pas sûre.

— Maintenant, vous l'êtes !

Mais ce n'était pas tout : Leslie applaudit avec enthousiasme lorsque le prix du meilleur roman policier de l'année fut décerné à Ken. L'Anglais était fou de joie et elle célébra sa victoire sans aucune arrière-pensée. Il revint à grandes enjambées, posa son Edgar sur la table, attrapa Leslie et l'embrassa avec effusion. La jeune femme, rouge comme une pivoine, se tortilla nerveusement sur sa chaise.

— J'ai gagné !

Elle ne voulut pas le blesser par une remarque désobligeante pour ce baiser, mais s'écarta un peu tout en disant :

— Je suis très heureuse pour vous.

— Merci, Fanny. J'attends cela depuis des années.

Fanny ! Son pseudonyme lui rappela le danger qu'elle courait. La fête était finie. Maintenant, Fanny Duvall devait disparaître à jamais.

Elle ramassa son sac et se leva.

— Attendez, Fanny. Où allez-vous ?

— Je rentre chez moi. Il est plus que temps.

Il y avait une pointe d'anxiété dans la voix de la jeune femme.

— Vous ne partirez pas avant d'avoir dansé avec moi. Nous avons gagné. Ça se fête. C'est la règle du jeu.

— Non ! Je vous en prie, Ken, soyez un peu compréhensif. Vous connaissez mes ennuis.

— Quels ennuis, mademoiselle Duvall ?

Cette voix... Leslie en eut le souffle coupé. Elle la reconnaissait parfaitement pour l'avoir entendue des centaines de fois au programme télévisé du vendredi soir. Une seule solution : la fuite ! Elle n'aurait pas été la première à chercher à se dérober aux questions de Nick Justin. Pourtant, elle prit une profonde inspiration et saisit la main de Ken. Faites front, avait-il dit. Très bien. Il fallait espérer que Bonnie ne s'était pas trompée en disant qu'elle n'avait pas son apparence habituelle.

Ken, un peu gêné, essaya de prendre un air décontracté.

— Bonjour, Nick. Content de vous revoir.

— Bonjour, Ken. Moi aussi. Comment va Alicia ?

— Elle est restée à Londres, avec les enfants.

— Je vois.

Il regardait Ken et Leslie d'un air plein de sous-entendus.

— Je dois vous féliciter, tous les deux. Si c'est bien la mystérieuse Fanny Duvall qui est en face de moi.

— Je suis Fanny Duvall, mais je n'ai rien de mystérieux.

Sous l'effet de la surprise, elle avait pris un ton de défense agressive. Ses yeux rencontrèrent ceux de Justin, noisette, pailletés de vert.

— Alors, je vous félicite pour votre victoire.

Il souriait presque. Leslie éprouvait une sensation bizarre au creux de l'estomac, comme si elle venait de faire une chute vertigineuse.

— Merci.

— Surpris de vous voir ici, Nick. Je croyais que les écrivains n'intéressaient guère les gens comme vous !

— Au contraire ! J'ai appris à ne pas limiter mes centres d'intérêt.

Il s'interrompit et Leslie sentit qu'il la détaillait des pieds à la tête.

— Vous avez raison. Les gens présents dans cette salle ont à leur actif plus de plans diaboliques que n'importe quel meurtrier ! En fait, je serais bien surprise si, à cet instant même, personne n'avait ici des idées d'assassinat !

— J'en suis sûr, mais si les pensées pouvaient tuer, je serais mort depuis longtemps. En général, il ne sert à rien d'avoir peur, mademoiselle Duvall.

— Et, en particulier, de quoi avez-vous peur ?

Elle soutint son regard. Quelque chose dans cet homme la provoquait ; elle voulait se mesurer à lui, même si elle savait que c'était jouer avec le feu.

Ken, qui avait senti l'atmosphère se tendre, intervint :

— Les mauvais indices d'écoute sont sa hantise, un peu comme les faibles tirages pour nous, n'est-ce pas, Nick ? A propos, j'espère que vous avez un exemplaire de mon livre. Sinon je serai ravi de vous en dédicacer un.

Nick sourit et accepta ce changement de sujet.

— Avec plaisir, Ken. Mais j'ai lu *L'Enfer à marée haute* dès sa sortie en librairie. *La Femme aux poisons* aussi, d'ailleurs. Je dois dire que vos récompenses sont amplement méritées.

Ken sourit, mais Leslie rétorqua :

— Ce que vous dites m'étonne. Je croyais que vous ne lisiez que le compte rendu des débats parlementaires et les mémoires des gangsters.

— Oh ! j'adore les romans ! Il se trouve que, en général, je trouve que la vie recèle plus de mystères que les livres. Pas vous, mademoiselle Duvall ?

La façon dont il venait de prononcer cette dernière phrase fit penser à Leslie qu'il avait compris qu'elle voulait cacher quelque chose. Elle resta muette, mais Ken intervint à nouveau :

— Ça, Nick, c'est le secret de votre réussite. Tous vos reportages se présentent sous la forme de mystères. Vous êtes le vaillant détective sans peur et sans reproches qui vient dénoncer les méchants.

— C'est curieux, jamais je n'aurais décrit M. Justin de cette façon, fit remarquer Leslie.

— Et comment me décririez-vous ?

— Comme une armée entière à vous tout seul. Je vous trouve des points communs avec un char d'assaut.

— Je prends cela comme un compliment.

— Mais c'en était un !

Leslie sentait qu'elle se montrait bien imprudente. Elle aurait dû parler le moins possible. Pourtant, même s'il l'intimidait, cet homme la poussait à le provoquer. Ken sentait le danger et essayait de se montrer apaisant.

— Ah ! Oui, c'est intéressant : Justin le guerrier. Excellente image, Fanny.

Nick se tourna vers Leslie.

— Vous parlez comme si seule l'image comptait.

— Ce n'est pas le cas ? Votre image n'explique-t-elle pas en grande partie votre succès ?

— Si on parlait de votre image à vous, mademoiselle Duvall ? La femme mystère dont on ne connaît rien. Ni le présent ni le passé ?

— Dont vous ne connaissez rien, c'est différent.

— N'avez-vous pas empêché votre éditeur de faire figurer votre photo au dos de la couverture ?

— Si, mais...

— Pourquoi ? Par timidité ? Pourtant, vous ne vivez pas en recluse puisque vous êtes ici, ce soir, pour la remise de votre prix. Pourquoi un tel secret, mademoiselle Duvall ?

Leslie ne s'attendait pas à cette attaque et resta muette.

— Voyons, Justin... commença Ken.

Mais Nick l'interrompit.

— Vous êtes tout en contrastes, Fanny. Un visage de madone et un livre plein de morts violentes...

— La violence fait partie de notre vie à tous.

— Ah oui ? De la vôtre aussi ? A vous voir, je vous imagine plutôt ayant une vie parfaitement tranquille.

Leslie évoqua le souvenir de son père, mort dans un attentat. On n'avait jamais retrouvé ses assassins. Et la colère s'empara d'elle.

— Vous êtes plein de préjugés, monsieur Justin ! Si un homme avait écrit *La Femme aux poisons,* vous ne parleriez que de son réalisme sauvage et ne vous permettriez pas ce genre de remarque. Mais c'est une femme qui l'a écrit, et cela vous choque. Le crime peut bouleverser la vie de n'importe qui, n'importe quand, y compris la mienne. Je ne devrais pas en parler sous prétexte que je suis une femme ?

— Donc, vous voulez continuer à écrire sur la violence ?

— Oui. Pourquoi pas ?

— En effet. Tout de même, il y a quelque chose qui ne va pas. Votre éditeur m'a dit et répété que vous n'accepteriez aucune interview. Et pourtant, vous êtes en train de défendre votre livre avec véhémence face à la caméra. Pourquoi ?

Elle lui lança un regard de défi.

23

— Par défi, monsieur Justin. C'est tout. Quand on rencontre un homme plein de préjugés, la tentation de le convaincre est irrésistible.

Leslie vit que le coup avait porté. Avec un regard de triomphe, elle se tourna vers Ken et lui prit le bras.

— Je croyais que vous aviez envie de danser ?

— Oh ! Mais certainement.

Encore étonnée de sa propre audace, Leslie l'entraîna sur la piste. Pendant qu'ils dansaient, Ken lui parla à l'oreille.

— Ne soyez pas si nerveuse. La guerre est finie. Il ne viendra plus vous tourmenter. On danse encore un peu et vous pourrez partir. Hop ! Plus de Fanny Duvall. Disparue, comme Cendrillon. Elle ne laissera même pas à Nick Justin sa pantoufle de verre !

La jeune femme ne disait mot et sentait le regard de Justin dans son dos.

Ken poursuivit :

— Vous savez que vous êtes très jolie quand vous êtes en colère ?

— Vous auriez pu me dire que vous le connaissiez. Je ne savais pas qu'il risquait à coup sûr de nous prendre pour cible !

— Je ne le connais pas très bien. Je l'ai rencontré une fois ou deux à Londres. Il m'avait plu.

— Si on aime le genre agressif...

— Ce n'est pas votre cas ?

— Je pourrais le jeter aux lions sans un battement de cils.

— J'ai remarqué ! C'est une soirée idéale pour faire de l'ironie, n'est-ce pas ? Ecoutez ce que joue l'orchestre : « Un jour, tu verras, on se rencontrera... »

Leslie fit la grimace.

— Le compositeur n'a pas dû penser à quelqu'un comme Nick Justin. Il n'évoque pas particulièrement l'amour.

— On ne sait jamais. Il vous dévorait des yeux. Moi, je dis que vous avez fait une conquête.

— Quand un chien de chasse court après un lièvre, le lièvre a-t-il fait une conquête ?

— Vous croyez qu'il vous en veut ? Peut-être, après tout. Ça m'étonnerait qu'il aime se faire damer le pion dans sa propre émission, surtout par vous. Attendez, on va lui jouer un bon tour.

Il la serra plus fort contre lui.

— Un bon tour ? Que voulez-vous dire ?

— Justin sait que vous avez quelque chose à cacher. On va lui faire croire que c'est parce que l'on vous voit avec un homme marié.

— Et cela vous amuse ?

Mais Leslie pensa que Ken avait raison. D'ailleurs, son amitié lui faisait du bien. Elle lui prit ostensiblement le bras lorsque, à la fin de la danse, ils revinrent à leur table.

— Fanny, vous feriez bien de partir, maintenant. Mine de rien, comme si vous alliez vous repoudrer.

Leslie ne savait comment le remercier.

— Je n'y serais jamais arrivée, sans vous.

Ken eut un geste évasif.

— Oh ! Quand je peux voler au secours d'une dame...

— Je n'oublierai jamais ce que vous avez fait pour moi.

Il sourit.

— On dirait une épitaphe. Au revoir, Fanny, et pour l'amour de Dieu, ayez l'air naturel !

Quand Leslie se dirigea vers la porte, Nick Justin ne bougea pas d'un pouce. Elle entra dans le vestiaire et commença à se repoudrer. A travers la porte elle entendait très bien la conversation qui allait bon train dans le petit salon voisin.

— Nick Justin ! Vous vous rendez compte ! Jamais je n'aurais cru qu'il s'intéressait aux livres !

— Je lui ai même serré la main. Je le trouve

beaucoup plus beau au naturel. Il a l'air moins féroce.

— Et jeune ! Il n'a pas plus de trente-cinq ans.

— Trop jeune pour nous, Cheryl. D'ailleurs, il a l'air dangereux. Je n'aurais pas tellement envie de le connaître de plus près...

— Moi, si !

— Je crois que vous perdriez votre temps, ma chérie. Il n'avait d'yeux que pour cette blonde, Fanny Duvall, celle qui a eu l'Edgar.

— Oh ! Il a toujours aimé le genre artiste. Sa femme était sculpteur. J'ai une statuette d'elle dans mon bureau. Très belle, d'ailleurs.

— Que voulez-vous, ma chérie... Si ça l'amuse de courir après une fille qui, visiblement, est avec Ken Powell...

Leslie les entendit sortir et poussa un soupir d'agacement. Si Nick Justin l'avait remarquée, ce n'était pas pour les raisons que sous-entendaient ces deux bavardes ; il voulait savoir ce qu'elle cachait ! Elle devait partir tout de suite pour que ni lui ni personne ne sache qui était Fanny Duvall.

Elle fouilla dans son sac ; il lui restait dix cents, un ticket de métro et vingt dollars. Le métro, à cette heure-ci, dans cette tenue... Bon. Elle prendrait un taxi. Elle se rua dans l'ascenseur et traversa le hall comme une flèche.

— Un taxi, s'il vous plaît. Tout de suite.

Avec un grand sourire, le portier fit signe à une voiture et lui ouvrit la portière. Elle se jeta à l'intérieur.

— Merci mille fois, lança-t-elle au chauffeur.

Le taxi démarra sur les chapeaux de roues.

Les yeux clos, la jeune femme se laissa aller contre les coussins. Enfin en sécurité ! Soudain, le bruit d'une respiration à côté d'elle la fit sursauter.

— Bonsoir, Cendrillon. Il est minuit passé...

Elle poussa un cri en reconnaissant la voix de Nick Justin.

2

Instinctivement, Leslie tendit la main vers la portière, mais Nick Justin lui saisit le poignet et la poussa en arrière. Elle essaya de se dégager, davantage par amour-propre qu'avec un réel espoir de succès.

— Arrêtez immédiatement !

Mais le conducteur fit comme s'il n'avait rien entendu et le taxi continua à descendre la Cinquième Avenue à toute allure.

Sans relâcher sa pression, Nick se pencha en avant et frappa un petit coup sur le volet de plastique qui séparait la partie avant de la voiture de l'arrière, où se trouvaient les passagers. Le chauffeur ouvrit et demanda :

— Tout va bien, monsieur Justin ?

— C'est parfait.

Il avait attiré le visage de Leslie contre lui pour l'empêcher de protester.

— Je vous emmène où ?

— Où vous voudrez. Faites-nous faire un tour.

— D'accord, monsieur.

Et le volet se referma. Leslie était désespérée. Nick avait tout arrangé avec le chauffeur ! Qu'avait-il bien pu raconter ? Qu'elle était une espionne, une femme dangereuse ? De toute façon, le taxi devait être ravi d'aider le célèbre Nick Justin à réaliser un de ses célèbres exploits journalistiques !

— Fanny, vous êtes partie si vite que ça avait tout l'air d'une fuite. Le moins que je pouvais faire était de vous offrir ma contribution.

Elle se dégagea et le regarda d'un air de défi.

— Vous comprendrez que je ne vous remercie pas.

Un éclair passa dans les yeux de Nick.

— Toujours aussi combative...

— Vous ne vous en tirerez pas si facilement.

— Ah oui ? Et qu'allez-vous donc faire ?

Très content de lui, Nick étira ses longues jambes et allongea nonchalamment un bras le long du dossier.

Son air satisfait la mettait hors d'elle. Elle l'aurait volontiers giflé !

— Maintenant, je parie que vous allez me dire qu'on vous attend...

Mais Leslie n'allait rien dire du tout. Ce qui l'affolait, c'était de le sentir si près d'elle. La présence de cet homme la bouleversait. Elle avait l'impression d'étouffer. Elle tendit la main vers la portière mais, aussitôt, il arrêta son geste.

— Vous êtes folle ? Vous ne pouvez pas sauter d'une voiture qui fait du quatre-vingts à l'heure.

— Non. Je ne vais pas risquer ma vie à cause de votre comportement ignoble ! J'ai besoin d'air.

Elle avait perçu une pointe d'inquiétude dans sa voix. Il se pencha et abaissa la vitre.

— Ça va mieux ?

Elle ne répondit pas. Pour rien au monde elle n'aurait cédé un pouce de terrain en le remerciant !

— La tête vous tourne, Fanny ?

Elle avait l'impression d'être un animal pris au

piège et se retourna pour regarder à travers la vitre arrière.

— Que cherchez-vous ?

— Les caméras. Si vous m'avez kidnappée, vous devez avoir prévu d'en conserver le témoignage pour la postérité.

Il se mit à rire.

— Non, pas de caméras. Mais il y a un magnéto-phone sur le plancher.

Leslie se pencha pour vérifier. C'était la vérité. Mais elle ne pouvait pas l'atteindre car il était entre les pieds de Nick. La seule chose qu'elle pouvait faire était de le ridiculiser. S'il n'était pas à son avantage, il n'utiliserait pas l'enregistrement !

Elle se raidit et s'écarta de lui le plus possible, bien déterminée à ne se laisser extorquer aucun renseignement.

— Très bien. On y va ? demanda-t-il.

— Quoi ? Comment ça ?

— Du calme. Je n'ai aucunement l'intention de vous faire du mal.

— Curieuse façon de le montrer.

— Il fallait vous obliger à m'accorder votre atten-tion.

— La prochaine fois, passez une annonce dans le *New York Times*.

— Je préfère ma méthode.

— Bien sûr ! Pourquoi perdre du temps à être correct, n'est-ce pas ?

— Inutile d'être si désagréable.

— Monsieur Justin, quand on m'enlève, je ne peux pas m'empêcher d'être désagréable !

— Suffisamment pour en informer la police ?

Il avait touché juste. Leslie pouvait certes porter plainte, mais le seul nom de Nick Justin provoque-rait une publicité énorme autour de l'affaire. Et la première chose que la police lui demanderait, ce serait son identité et son adresse. Elle se mordit la lèvre sans répondre.

— Exactement ce que je pensais, Fanny. Alors, supportez-moi encore un moment.

— Que de complications inutiles pour un petit entretien sans intérêt !

— Oh non ! Pas inutiles, et pas sans intérêt. Je suis sûr de faire des découvertes passionnantes !

— Allez au diable !

Leslie se tourna vers la vitre. La voiture passait en trombe devant l'Empire State Building. La jeune femme sentait le regard de Nick posé sur elle, et cela la troublait bien plus qu'elle ne l'aurait imaginé.

— Dites-moi, monsieur Justin, vous enlevez souvent les dames ?

Son air de dignité offensée n'eut pas l'air d'impressionner Nick Justin et il répondit avec ironie :

— A dire vrai, c'est la première fois. C'est un honneur que je vous fais, non ?

La jeune femme sentit la fureur l'envahir. Ce diable d'homme avait l'art de tourner tout ce qu'on disait à son avantage.

— C'est surtout une atteinte intolérable à ma vie privée.

— Vous connaissez mon surnom, pourtant : « Nick le Régulier » ; alors ne vous inquiétez pas.

— Vous en avez d'autres !

— Les Chinois disent que la valeur d'un homme se mesure au nombre de ses ennemis. Que des gens très corrompus et très haut placés ne puissent pas me souffrir me ravit absolument.

— Est-ce également vrai pour les innocentes que vous enlevez en taxi ? Dans ce cas, réjouissez-vous.

— Là vous me flattez. Mais j'ai pris des risques, vous savez.

— Ça suffit, monsieur Justin. Votre imagination rocambolesque vous a joué un tour. Laissez-moi descendre.

— Dans ce quartier ? A cette heure-ci ? Dans cette tenue ? Vous risquez votre vie, ma chère...

— J'aime mieux ça que de la savoir entre vos mains.

Leslie avait fait mouche.

— Vous l'avez bien cherché, répondit-il sèchement.

— Et comment donc ? En partant ?

— Je vous parlais poliment. Vous auriez pu au moins répondre à une ou deux questions.

— Parce que vous êtes tellement infatué que vous pensez que j'aurais dû prendre comme un honneur le fait que vous m'adressiez la parole ?

— Bon, d'accord, n'en parlons plus. Reprenons de zéro. Qui êtes-vous, Fanny Duvall ?

Elle serra obstinément les lèvres.

— Vous ne voulez pas répondre ? Alors je vais vous expliquer le principe ; dans l'émission « La Minute de vérité », il y a une question rituelle : quel est votre vrai nom et que faites-vous vraiment dans la vie ?

— Cette question est ridicule, vous savez parfaitement que je suis Fanny Duvall et que j'écris des romans policiers. Vous en avez eu la preuve tout à l'heure, non ?

— Vraiment ?

Brusquement, elle comprit et s'écria, indignée :

— Mais c'est ce qu'on demande aux imposteurs !

— Oui, pour les confondre...

— Comment ? Un imposteur, moi ?

— Allons, assez joué, mademoiselle. Je ne suis pas né de la dernière pluie. Je répète : qui êtes-vous ?

— Fanny Duvall. Avec deux l.

— Allons donc !

— Croyez ce que vous voudrez. Ce ne sera pas la première fois que vous faites erreur !

— Ecoutez, je fais cette émission depuis des années. Si quelqu'un a quelque chose à cacher, je le vois immédiatement. Et avec vous, ça crève les yeux.

Fanny se remit à regarder les maisons qui défilaient dans l'espoir de reconnaître les endroits où ils passaient. Il fallait qu'elle s'échappe.

Le taxi s'arrêta à un feu rouge. Nick se pencha vers elle, lui prit le menton et la força à le regarder dans les yeux. Le cœur de la jeune femme se mit à battre la chamade. Comme son regard était perçant !

Et lui, que voyait-il sur son visage ? Le rouge de la confusion, de grands yeux au regard perdu.

— Il n'y a pas de Fanny Duvall, n'est-ce pas ?

— Bien sûr que non. Je suis une illusion.

— Exactement.

— Et mon livre est une illusion aussi, je suppose ?

— Il est bien réel, mais vous, vous n'êtes pas ce que vous prétendez. Allons, Fanny, si vous me racontiez tout depuis le début ?

Sa voix s'était faite étonnamment apaisante. Doucement, il passa un bras autour des épaules de Leslie. La jeune femme sursauta en sentant la main de Nick se poser sur sa peau nue. Elle se mit à frissonner.

Jamais elle ne s'était sentie aussi vulnérable, et rien ne la troublait davantage que la jambe de cet homme frôlant la sienne, que ce parfum qui émanait de lui, que cette voix si caressante. Une voix si séduisante que la jeune femme faillit en oublier le magnétophone posé sur le sol. Elle se mordit les lèvres et se raidit pour ne pas succomber à la tentation de se laisser aller.

— Si vous me déposiez au métro le plus proche ? Vous perdez votre temps qui est précieux.

— Pas du tout. Je m'amuse beaucoup.

Il disait vrai, elle le lisait dans ses yeux. De nouveau, la colère monta en elle.

— Je crois que vous devez manquer de compagnie féminine. Remarquez, ça ne me surprend pas, avec la façon dont vous vous comportez !

— C'est vous qui perdez votre temps à m'attaquer. Quand je suis sur une affaire intéressante, rien au monde ne pourrait m'arrêter.

— Le flair professionnel ? Un vrai chien de chasse... Je me demande pourquoi je vous intéresse à ce point.

— Vous vous sous-estimez. Examinons la situation. Une femme écrit un roman. Elle veut tellement protéger son identité qu'elle prend un pseudonyme et fait toutes les démarches par la poste. Aux éditions Caldwell, personne n'a jamais pu voir Fanny Duvall. Jusqu'ici, c'est assez simple, mais voilà que les choses se compliquent : le livre est sélectionné pour un prix littéraire. Compte tenu du caractère de Fanny Duvall, on pourrait penser qu'elle n'irait pas à la soirée des Edgar pour tout l'or du monde. Moi, j'y vais, en pensant d'ailleurs que la dame n'y sera pas, et qu'est-ce que je trouve ?

Une véritable imbécile, pensa Leslie.

— Incroyable, mais vrai ! Mademoiselle Fanny Duvall en personne, qui vient chercher son Edgar. Ça vous étonne que j'aie des questions à lui poser ?

— Je ne vois vraiment pas l'intérêt.

— Bon. De deux choses l'une : ou bien c'est Fanny Duvall qui sort de l'ombre pour des raisons que je ne connais pas. Ou bien elle se fait passer pour Fanny Duvall. C'est l'un ou l'autre. D'accord ?

— Admettons.

— Alors, en conclusion, on peut donc commencer par dire que vous n'êtes pas Fanny Duvall !

Leslie soupira.

— J'étais sûre que vous choisiriez cette réponse-là.

— Si cette hypothèse est la bonne, vous devez très bien connaître la psychologie de Fanny Duvall. Vous ne pouviez pas courir le risque d'être là en même temps qu'elle.

Sa main glissa le long du bras de la jeune femme.

— Peut-être l'éditeur vous a-t-il demandé d'être

sa doublure ? Pour les photos et la publicité, par exemple.

Leslie haussa les épaules.

— Mais si c'était vrai, à part ce que l'éditeur m'aurait dit de vous raconter, je ne saurais rien de la vraie Fanny Duvall. Donc, je ne pourrais rien pour vous ! riposta-t-elle.

— C'est pour ça que cette solution-là ne me dit rien qui vaille.

— Vous voyez bien !

— Oui, mais si vous êtes venue de votre propre chef, c'est beaucoup plus intéressant. Vous pourriez être une folle qui se prend vraiment pour Fanny Duvall. Il y a bien des gens qui se prennent pour Napoléon...

Il l'examina d'un œil critique.

— Non. Je n'y crois pas non plus.

— Merci bien !

— Ou alors, vous saviez que la vraie Fanny Duvall ne serait pas là. Ce qui veut dire que vous la connaissez. Et vous êtes le fil d'Ariane qui peut conduire à elle.

— Si c'est une solitaire, elle ne risque pas de venir prendre le thé avec Nick Justin.

— Non, mais c'est peut-être tout aussi bien de prendre le thé avec vous. Vous me donnerez de bons tuyaux.

— Et s'il n'y a pas de tuyaux à donner ? Vraiment, je trouve le sujet indigne de vous. Pas d'espions, pas de coups fourrés, pas de trafic de drogue. Alors ?

— Alors, tout simplement, je me sens provoqué par ce mystère. Pour moi, il s'agit d'un défi. Et je le trouverai, je vous le jure !

— Vous vous égarez, monsieur Justin. La façon dont vous passez d'une hypothèse à l'autre me sidère.

— Justement, si on revenait à la première

hypothèse selon laquelle vous seriez effectivement Fanny Duvall en personne ?

— Vous n'y croyez pas, vous l'avez dit.

— Pas tellement, non.

— Pourquoi ? Je n'ai pas une tête d'écrivain ? Pour vous, les blondes n'ont jamais rien dans le crâne, savent à peine compter jusqu'à dix et encore moins écrire ?

— Vous me croyez vraiment aussi stupide ?

— Chacun sait que les préjugés rendent stupide...

— Vous êtes intelligente, Fanny. Si vous vous étiez donné tant de mal pour garder le secret, vous pourriez vraiment tout compromettre pour quelques instants de gloire ? L'explication est peut-être que vous êtes vaniteuse. Mais il se peut également que les circonstances qui vous obligeaient à rester dans l'ombre aient changé.

— Poursuivez, c'est intéressant.

— Par exemple, vous aviez un mari qui vous empêchait d'écrire, et il n'est plus là pour vous embêter. Ou alors, vous aviez la naïveté d'espérer échapper aux journalistes...

— Peut-être que Fanny Duvall n'est pas si futée que cela.

— Sûrement pas. L'auteur de *La Femme aux poisons* est très intelligente.

— Elle a peut-être fait une erreur de jugement en croyant que la soirée des Edgar serait strictement privée et qu'il n'y aurait pas de journalistes.

— Je n'en crois rien. A mon avis, elle voulait être découverte.

— Quoi ? Cela ne tient pas debout !

— Oh si ! Demandez donc à un psychologue.

— Mais... Et tous ses efforts pour conserver l'anonymat ?

— Vous n'avez jamais entendu parler de ces lettres d'assassins qui écrivent : « Arrêtez-moi avant que je ne recommence » ? Quelle que soit la double vie de Fanny Duvall, elle n'arrive plus à y faire face. Elle veut faire éclater son secret au grand jour. Consciemment ou pas, elle demande qu'on la démasque.

— C'est ridicule !

Pourtant, Leslie se sentait ébranlée. Comme s'il le sentait, Nick la prit par les épaules et la fit se tourner vers lui.

— Alors, Fanny, vous voyez bien que ça tient debout.

— Dans un roman, peut-être, mais pas dans la vie !

Elle avait parlé sèchement.

— On verra bien. A propos, avez-vous idée du nombre de reportages que je mets au panier par respect des individus ?

— Oh ! Vous êtes un saint ! Vous voulez vraiment me faire croire que vous n'allez pas essayer de faire tout ce que vous pourrez pour démasquer Fanny Duvall ? C'est la seule chose qui puisse donner du relief à votre reportage sur les Edgar. Ne me racontez pas d'histoires ! Je connais la différence entre un bon article et pas d'article du tout !

— Vraiment ? Alors, vous êtes peut-être écrivain, après tout.

Leslie tressaillit ; elle en avait trop dit.

— Expliquez-moi donc ça, Fanny. Si cette femme prend des risques pour aller chercher son prix littéraire, c'est qu'il a de l'importance à ses yeux. Alors, pourquoi abandonne-t-elle son trophée derrière elle ?

Il se pencha, prit un objet enveloppé et le tendit à Leslie. Elle écarta le papier : la statuette d'Edgar Poe la regardait. Son Edgar. Immédiatement, elle pensa à un enfant qu'elle aurait abandonné sur les marches d'une église. Puis elle se rendit compte que cet oubli constituait aux yeux de Nick l'aveu qu'elle n'était pas Fanny Duvall.

— Voilà, Cendrillon. En principe, c'est une

pantoufle de verre que j'aurais dû vous rapporter, mais il faut se contenter de ce que l'on a.

— Où l'avez-vous trouvé ?

— A votre avis ?

Leslie essaya de se souvenir ; elle avait laissé son Edgar sur la table, près de Ken. Et Nick l'avait pris tout de suite. Il avait dû comprendre immédiatement qu'elle ne reviendrait pas.

Assez content de son effet, il passa à l'offensive.

— Vous ne dites rien ? Même pas une petite phrase telle que « ôtez donc vos mains de mon Edgar », par exemple.

— Puisque vous l'avez, peut-être bien que c'est vous, Fanny Duvall !

Nick partit d'un grand rire.

— Ah ! Bien répondu ! D'accord, si vous voulez, je le garde.

Elle prit un air indifférent en se disant que, si elle insistait pour le récupérer, il allait la bombarder à nouveau de questions.

— Gardez-le donc et mettez-le à l'ombre !

— Certes. C'est un otage, en quelque sorte.

— Si ça vous amuse... Bon. Trêve de plaisanterie maintenant. Vous avez prouvé que je n'étais pas Fanny Duvall. Je peux donc m'en aller, je suppose.

Sur la gauche s'éloignaient les lumières de Manhattan. Ils avaient franchi le pont de Brooklyn sans qu'elle s'en aperçoive. Si Nick la prenait au mot et la plantait là, comment rentrerait-elle ? Cette perspective n'était guère rassurante.

— Je n'ai jamais dit que vous n'étiez pas Fanny Duvall.

— J'ai abandonné mon Edgar. C'est une preuve, non ?

— Allons donc ! Vous l'avez laissé à Ken Powell pour qu'il vous le rapporte. Ce n'est pas un abandon.

Elle ouvrit des yeux ronds.

— Inutile de le nier : vous avez une liaison avec

Ken, c'est évident. Il est marié et père de famille, mais je présume que vous vous en moquez ! Et puis, qui sait, vous êtes peut-être mariée, vous aussi ?

— Encore une de vos suppositions ridicules !

— Powell n'est pas votre amant ?

— Mon amant ? Comment osez-vous affirmer une chose pareille ?

Pourtant, elle avait fait tout ce qu'il fallait pour qu'il le croie, en effet !

— J'en suis convaincu parce que tout concorde. Pour aller à la réception, vous aviez un motif très classique : faire connaître votre liaison.

— Oh ! Mon Dieu !

— Je connais Alicia Powell. Si elle apprend que son mari la trompe, elle entamera la procédure de divorce tout de suite. Ainsi, vous aurez Ken pour vous toute seule.

— Si vous disiez vrai, pourquoi aurais-je voulu vous échapper ? J'aurais dû venir vous dire : « Vous voulez bien nous faire passer à la télé ? Comme ça, la femme de Ken saura tout ! »

— Parce que Powell a vu clair dans votre jeu. Il vous a dit que si vous n'étiez pas plus discrète, tout était fini entre vous. Je vous ai vus en train de discuter âprement, avant le dîner.

Vraiment, c'est bien ma chance ! se dit Leslie. Il les avait vus au moment où Ken insistait pour qu'elle reste !

— Enfin, Fanny ! Vous ne voyez pas qu'il se sert de vous ?

— Au moins, il ne m'a jamais kidnappée, lui !

— Inutile, vous étiez consentante.

— Assez ! Pas un mot de plus ! Ken Powell est un gentleman ! Mais pour vous, tout ce qui compte, c'est votre chère enquête ! Il vous est complètement indifférent de briser la vie des gens ! Jamais Ken ne me ferait de mal ni ne m'exploiterait. Il est gentil, doux, prévenant...

— Et marié! Vous aviez déjà oublié? Evidemment, pour vous, ce n'est qu'un détail.

— Il vaut bien mieux que vous en tout cas! Vous êtes froid, égocentrique, manipulateur! La seule chose qui vous intéresse, c'est votre indice d'écoute. Quant à avoir des sentiments, n'en parlons pas!

Les yeux de Nick se mirent à lancer des éclairs. Il était fou furieux.

— Ah oui? Vous allez voir ça!

Leslie n'eut même pas le temps de comprendre ce qui se passait. Il la prit dans ses bras, l'attira contre lui et plaqua brutalement ses lèvres sur celles de la jeune femme. Elle faillit hurler sous le choc. Et plus le baiser durait, plus le choc s'amplifiait. Le sang se mit à battre à ses oreilles et elle se sentit emportée par un tourbillon d'émotions contradictoires. Si mon cœur bat si vite, c'est parce que j'ai peur. Je déteste Nick Justin, se dit-elle.

Et pourtant... elle ne pouvait se décider à le repousser. Il la serrait tout contre lui, de plus en plus fort, et elle se laissait faire. Sa bouche s'ouvrait irrésistiblement sous ses lèvres.

Il accentua son baiser. Ses mains caressaient doucement la chevelure soyeuse de la jeune femme, glissaient contre la peau nue de son dos. Leslie sentait toute résistance l'abandonner tandis qu'un flot de sensations inconnues s'emparait d'elle : une impression de chaleur l'irradiait tandis que son cœur battait à un rythme fou. Comme s'il ne lui obéissait plus, son corps se pressait tout contre celui de Nick.

Comment, elle, Leslie Daniels, d'ordinaire si réservée, pouvait-elle se laisser embrasser ainsi par un inconnu? Elle aurait dû être épouvantée ou mourir de honte!

Et, pourtant, elle avait envie que ces baisers ne s'arrêtent jamais. Cet homme était son pire ennemi, il pouvait détruire d'un coup tout ce qui comptait dans sa vie, mais rien de tout cela n'avait d'importance. Jamais elle n'avait ressenti un tel plaisir, une telle ivresse sensuelle. Totalement abandonnée, elle éprouva l'impérieux besoin de répondre à son étreinte. Ses doigts tremblants se mirent à effleurer les joues rugueuses de Nick, à se glisser dans sa chevelure drue. Elle pensait que sa caresse serait si légère qu'il ne s'en rendrait même pas compte.

Mais tout le corps de Nick se mit à vibrer. Sa respiration s'accéléra et devint irrégulière. Leslie ouvrit les yeux et vit qu'il déboutonnait sa chemise.

— Non ! murmura-t-elle, le souffle court.

Elle ne savait pas si c'était à Nick ou à elle-même que ce mot était destiné. Elle essaya de se dégager, mais il la maintenait tout contre lui. Toute colère avait disparu de son visage, et la jeune femme pouvait y lire une expression qui l'effrayait bien plus encore.

— Dieu ! que vous êtes belle !

La voix de Nick lui sembla venir de très loin. Il se pencha vers elle, et Leslie eut peur de ce qui se passerait si elle acceptait un autre baiser. Elle rejeta la tête en arrière. Alors, il embrassa sa gorge.

— S'il vous plaît, arrêtez !

Les lèvres de Nick parcouraient son épaule nue. Elle ne put retenir un long soupir de plaisir.

Avec une détermination incroyable, sa bouche reprit possession de celle de la jeune femme.

Il faut que cela cesse ! pensa-t-elle désespérément. Elle était effrayée par l'ardeur de Nick et, bien plus encore, par l'émotion qu'elle sentait monter en elle. Brusquement, impérieusement, dangereusement, elle fut prise d'une envie folle d'aller jusqu'au bout. Ici, tout de suite. La violence de son désir la stupéfia. Jamais elle n'avait désiré un homme à ce point, jamais elle n'aurait cru que c'était possible. L'espace d'un instant, une image s'imposa à son esprit : Nick, nu, faisant glisser sa robe le long de ses épaules...

Horrifiée, elle repoussa cette pensée. Ce n'était

pas comme si elle avait attiré Nick ; bien au contraire, il était évident qu'il méprisait Fanny Duvall. Il se jouait d'elle dans l'espoir de venir à bout de ses défenses, pour qu'elle se confie à lui. Et elle tombait dans le panneau !

Pourquoi était-elle donc si inexpérimentée, si vulnérable ? Elle n'avait eu de relations qu'avec un seul homme : son fiancé. Et, malgré son expérience et sa séduction, jamais Harald ne lui avait fait ressentir une chose pareille. Sous ses paupières closes, Leslie sentit perler des larmes d'humiliation. Comment pouvait-elle désirer un homme dont le seul but était de se servir d'elle ?

Nick la relâcha brusquement et se redressa. Tout en passant les doigts dans ses cheveux, il la regarda sans mot dire, le visage totalement fermé. Leslie le regarda à son tour sans comprendre.

— Tenez.

Il lui glissa un mouchoir dans la main. Leslie porta une main à ses joues et se rendit compte qu'elle pleurait.

— Oh...

Elle se sentait mortifiée, puérile, et se tamponna les yeux plus longtemps que nécessaire pour essayer de se ressaisir. Dans l'angle de la banquette, Nick la regardait, impénétrable.

Comme il est séduisant ! pensa la jeune femme. Que s'était-il donc passé ? Jusqu'à présent, regarder un homme n'avait jamais suscité d'émotion en elle. Mais il avait suffi de cinq minutes dans les bras de Nick pour la changer !

— Grands dieux, Fanny, ce n'est pas le bout du monde !

Il lui parlait comme à une enfant, avec une intonation amusée, et Leslie se mit en colère.

— Allez au diable ! Et fichez-moi la paix !

— Pourquoi ?

Cette fois, elle se fit cinglante.

— Oh ! J'avais oublié ! M. Justin n'évolue pas

dans le même univers que nous autres, pauvres mortels. Il n'obéit à aucune règle. Mais écoutez-moi bien : je me moque des malversations que vous avez dénoncées, des criminels que vous avez fait mettre en prison. Cela ne vous donne pas le droit de terroriser tous ceux qui croisent votre chemin. Il y a aussi des innocents dans ce monde, figurez-vous. Mais vous êtes tellement blasé, tellement cynique que vous êtes à jamais incapable d'en reconnaître un seul ! Vous vous moquez tellement de la vie privée des gens que vous en oubliez leurs droits au nom d'une prétendue cause de la vérité qui n'est que celle du scandale !

Nick resta silencieux, mais Leslie eut l'impression que son visage s'adoucissait. Elle attendit un instant une réponse apaisante, pour que la trêve s'installe entre eux. Mais il se tut.

Très mal à l'aise, elle se détourna et regarda par la vitre. A présent, les rues lui étaient familières. On approchait de Columbus Avenue. Elle était pratiquement chez elle.

Nick rompit enfin le silence.

— Vous n'allez sûrement pas me croire.

— Je vous écoute, en tout cas.

— J'ai mis au panier je ne sais combien de reportages parce que leur intérêt journalistique ne méritait pas que l'on menace la vie privée des gens. Croyez-moi, je sais faire la différence entre un escroc, sur qui il faut attirer l'attention du public, et quelqu'un qui a commis une erreur, et qui le regrette.

— Alors, comme ça, vous êtes un tribunal à vous tout seul ? Vous décidez qui il faut pardonner et qui il faut punir ?

— Mais bon sang ! Ce n'est pas du tout ça !

— Monsieur le juge, j'ai déjà été punie. Je peux descendre, maintenant ?

Nerveusement, Leslie regardait défiler le paysage. A présent, son appartement était à deux pas. Mais si elle y courait directement, Nick risquait de la suivre et de découvrir son adresse et son identité. En revanche, elle connaissait toutes les stations de métro du quartier. Ce qu'il fallait, c'était le prendre par surprise, lui indiquer une mauvaise rue et se précipiter dans le métro.

Dans un geste d'apaisement, Nick lui posa une main sur le bras.

— Ecoutez, Fanny. Je vois bien que vous avez des ennuis. Si vous me faites confiance, je peux vous protéger. Je n'ai rien contre vous.

— Vraiment ? Et si vous me trompez ?

— De quoi avez-vous donc peur ?

— Mais de vous ! Ça ne se voit pas ?

— Pourquoi ?

A cela, elle ne pouvait rien répondre. Elle risqua un œil vers Nick et lut de l'inquiétude dans ses yeux.

— Je ne vous comprends pas, Fanny.

De toute évidence, ce n'était pas quelque chose qu'il avait l'habitude de dire. En d'autres circonstances, cela l'aurait touchée : il y avait donc un défaut dans la cuirasse ! Mais à présent, elle ne pensait qu'à s'échapper.

— C'est bien vrai !

— Alors, expliquez-moi. Je vous aiderai, si je peux.

Nick tenait la main de Leslie dans les siennes. De nouveau, la jeune femme ressentit cette terrible sensation de vide au creux de l'estomac. Si seulement elle avait pu lui faire confiance ! Pendant un instant, elle eut envie de se jeter dans ses bras et de lui raconter tout ce qui lui était arrivé depuis sa naissance. Mais elle se reprit pour ne pas succomber à la tentation. Allons, c'est une nouvelle tactique, celle de la bienveillante compréhension ! se dit-elle.

— Vous êtes très habile, monsieur Justin. Mais je n'ai rien d'autre à vous dire.

Elle se détourna et regarda ostensiblement dehors.

Nick poussa un juron dont la violence la fit sursauter.

La jeune femme frissonna. Elle ne savait que trop ce qu'il en coûtait de tenir Nick Justin en échec.

La voiture arrivait à Columbus Circle. Plusieurs lignes de métro s'y croisaient. Avec un peu d'avance sur Nick, elle pouvait le semer et s'en tirer... Son cœur battait à tout rompre. Pourvu qu'ils aient le feu rouge au carrefour ! Le compteur du taxi affichait un total faramineux. Nick mettrait plusieurs secondes à payer. Et elle, elle galoperait jusqu'au métro !

Sa main s'approcha de la poignée. A droite, le Coliseum. A gauche, l'extrémité sud de Central Park. C'était le moment !

Le feu passa au rouge.

Avant même l'arrêt complet du taxi, elle avait ouvert la portière et s'était précipitée dehors. En relevant sa longue robe bien au-dessus des genoux, elle courut comme une flèche vers la bouche de métro, malgré ses fins escarpins italiens peu adaptés à la situation. Derrière elle, la voix de Nick Justin lui criait d'arrêter. Le sang lui battait follement aux tempes. Elle ne se retourna pas.

La portière du taxi claqua dans la nuit. Elle avait trente ou quarante secondes d'avance, pas davantage. Sans s'arrêter, elle saisit son ticket de métro dans son sac. Déjà, elle arrivait en haut des escaliers. L'espace d'un instant, cette entrée aux allures de caverne lui fit peur, et elle eut envie d'abandonner. C'est ce qu'aurait fait Leslie Daniels. Ce soir, advienne que pourra, elle était Fanny Duvall !

Elle releva sa robe encore plus haut et se jeta dans la bouche de métro.

3

Leslie dévalait les escaliers à toute vitesse. Par deux fois, elle faillit perdre l'équilibre et se rétablit de justesse.

Plus vite, plus vite !

— Fanny !

La voix de Nick résonnait le long des couloirs déserts. Elle entendait le claquement précipité de ses pas dans les escaliers.

D'une main fébrile, elle glissa son ticket de métro dans la fente et franchit le tourniquet. Elle connaissait parfaitement cette station mais, de nuit, le moindre son était multiplié par dix, et le bruit de ses sandales sur le sol de béton se répercutait en écho comme un roulement de tonnerre. Leslie haletait, sa poitrine lui faisait aussi mal que si une poigne de fer s'était refermée sur son cœur.

— Fanny ! Bon sang ! Attendez !

Il se rapproche, pensa-t-elle. La seule façon de lui échapper était de sauter dans un train, mais pour cela, il fallait que la chance se mette enfin de son côté.

Leslie jeta un coup d'œil à sa montre. Une heure du matin. Elle risquait fort de devoir attendre une rame assez longtemps. De toute façon, elle n'avait pas le choix.

Elle arriva sur le quai. Il était vide, et aucun bruit n'annonçait l'arrivée du train. Sans perdre un instant, elle se jeta dans l'escalier qui conduisait à une autre direction.

Sa jambe gauche lui faisait mal. Elle s'appuya contre un pilier et ôta ses sandales. Maudites chaussures ! Elégantes, sans doute, mais peu adaptées à ce genre de circonstances ! Elle attrapa sa jupe de sa main libre et se remit à courir. Dans sa tête, les pensées se bousculaient. Fallait-il sauter dans un train qui la ramène chez elle ? Mais alors, si Nick parvenait à la suivre, il connaîtrait sa véritable identité.

Que faire ? Le mieux serait peut-être de descendre au premier arrêt et de prendre un taxi pour brouiller les pistes au cas où il aurait réussi à monter dans le même train.

— Fanny ! Vous êtes folle !

D'après l'écho, il lui sembla qu'il devait se trouver sur le premier quai. Il ne tarderait pas à se rendre compte qu'elle n'y était pas et reprendrait la poursuite.

Leslie se pencha et regarda le tunnel. Etait-ce un effet de son imagination ou voyait-elle vraiment s'approcher les lumières d'une rame ?

— Fanny ! Attendez !

En tout cas, cette voix, elle, était bien réelle ! A l'autre bout, Nick Justin dévalait les marches quatre à quatre.

— Bon sang ! Fanny, quand je vous attraperai...

A cet instant le métro arriva. En elle-même, Leslie remercia le ciel et se précipita dans le wagon qui lui faisait face. Les portes automatiques se refermèrent presque aussitôt.

Quelle chance ! Le train était nettement plus

court qu'aux heures de pointe. De l'endroit où il se trouvait, Nick n'avait certainement pas eu le temps de monter avant la fermeture des portes. Sauvée !

Leslie reprit son souffle et regarda autour d'elle. Dans ce wagon, il n'y avait qu'un seul passager. Il la regardait avec un sourire béat, comme si elle avait été une apparition. Pour la première fois, Leslie se rendit compte qu'elle devait avoir l'air bizarre : une femme hors d'haleine, en robe du soir, les cheveux dénoués, pieds nus et les chaussures à la main...

Mon Dieu ! pensa-t-elle, je dois ressembler à une jeune mariée en fuite ! Il ne me manque plus qu'un bouquet !

Elle eut un sourire amer, puis elle entreprit de passer de voiture en voiture jusqu'au milieu du train. Là, elle trouverait d'autres voyageurs et serait plus en sécurité.

Le deuxième wagon était vide, mais il y avait environ une demi-douzaine de personnes dans le troisième. Aucune d'entre elles ne parut tellement la remarquer. Leslie chercha un siège libre et, subitement, sentit son sang se glacer. Dans la voiture qu'elle venait de quitter, et qu'elle croyait inoccupée, elle venait d'entrevoir une silhouette vêtue d'un smoking.

Nick Justin était dans le train !

Comment avait-il fait pour monter à bord ? Quoi qu'il en soit, il était à sa recherche. Elle se précipita dans la voiture suivante. Mais à quoi bon ? Nick la rattraperait forcément avant la station !

Dans sa panique, elle ne fit pas attention au fait que le wagon dans lequel elle pénétrait était plongé dans une semi-obscurité. Sa silhouette se découpait dans l'embrasure de la porte. Elle ne vit même pas l'ombre qui se glissait vers elle.

Tout se passa très vite. Quelqu'un la bouscula si violemment qu'elle en laissa tomber les chaussures qu'elle tenait toujours à la main. Elle entendit un bruit de tissu déchiré. Quand elle porta la main à sa gorge, ses doigts ne rencontrèrent que des lambeaux de soie. La broche d'aigues-marines et de diamants qui lui venait de sa mère avait disparu.

Elle se mit à crier sans même se rendre compte qu'elle appelait Nick Justin à son secours. Elle ouvrit la porte de communication et, pieds nus, se lança à la poursuite du voleur. Il était inutile d'espérer le rattraper, mais peut-être réussirait-elle à le voir clairement.

Même en pleine lumière, elle ne vit qu'une mince silhouette en jean et blouson. Quel beau signalement! Si au moins il se retournait...

Bien entendu, il n'en fit rien. Résignée, Leslie s'arrêta de courir, les larmes aux yeux. Soudain, tout au bout du wagon, la silhouette habillée de bleu se heurta à une autre silhouette vêtue de noir, qui l'immobilisa.

Et l'homme en noir n'était autre que Nick Justin!

— Nick! Il a volé ma broche!

Nick paraissait hors d'haleine. Pourtant il n'eut aucun mal à maîtriser l'assaillant de Leslie, un jeune homme de dix-huit ans environ.

— Que se passe-t-il? Des ennuis?

Le contrôleur arrivait au même moment.

— Appelez la police. Madame a été agressée.

— C'est pas vrai, m'sieur! J'ai jamais...

D'un geste impatient, Nick plongea la main dans la poche du blouson et en tira la broche.

— Je vois. Que s'est-il passé?

En quelques mots, Leslie raconta sa mésaventure et se laissa tomber sur un siège en tremblant de tous ses membres. Nick remit le jeune homme entre les mains du contrôleur et s'assit près d'elle.

— Vous allez mieux?

Incapable de prononcer un mot, elle hocha la tête. Il lui passa un bras autour des épaules et murmura:

— Vous n'auriez pas dû vous enfuir.

Elle posa la tête contre l'épaule de Nick. Tout tournait autour d'elle et elle ferma les yeux. D'un seul coup, elle se sentit complètement épuisée et sans réaction, après toutes ces émotions.

— Fanny, je vous reconduirai chez vous dès que nous en aurons terminé avec la police.

— La police ?

Elle ne comprit pas tout de suite ce que cela signifiait pour elle...

— Il va falloir porter plainte. On ne peut pas laisser ce gosse recommencer, tout de même !

— Bien sûr que non.

Puis, soudain, elle ouvrit les yeux et répéta :

— La police ?

— Ne vous inquiétez pas. Je resterai près de vous pendant l'interrogatoire. Ce n'est rien. Et le procès se passera comme sur des roulettes.

— Le procès ?

— Je témoignerai.

Maintenant, Leslie réfléchissait à toute vitesse. Que faire ? Porter plainte sous le nom de Fanny Duvall ? Impossible. Il lui faudrait donner son identité et son adresse réelles à la police, et par conséquent à Nick Justin. Alors, la vérité éclaterait. Son livre, le prix, ses subterfuges : tout ! Elle imaginait déjà les scènes que lui feraient tante Prudence et Harald, les récriminations, la colère...

Elle ne pouvait pas aller voir la police !

Nick se méprit sur la panique qu'il lisait dans son regard.

— C'est fini. Je sais que vous avez eu peur, mais il n'y a plus rien à craindre.

Elle ne répondit pas, mais pensa que le mal ne faisait que commencer. Si cette affaire était connue, et elle le serait forcément, ne serait-ce qu'à cause du témoignage de Nick, ce serait terrible pour elle. Encore une fois, il ne restait plus qu'une solution : la fuite !

Elle soupira. A sa grande surprise, elle se rendait compte que, justement, elle n'avait plus envie de fuir. L'inquiétude de Nick était sincère, sa sollicitude lui réchauffait le cœur. Pourquoi se montrait-il donc si gentil ? S'il l'avait traitée avec ironie et condescendance, elle l'aurait planté là sans remords, mais maintenant...

— Ça ne va pas, Fanny ?

— Je ne me sens pas bien.

Au fond elle ne mentait pas. Tout cela la rendait malade. Il la serra contre lui et se mit à lui caresser les cheveux pour la réconforter.

— Tout cela est bientôt fini, nous allons arriver à la station.

Leslie soupira. Autant profiter de ces dernières minutes de calme. Bientôt, ils seraient à nouveau ennemis. Et elle devrait s'enfuir.

Soudain, elle se souvint que ses souliers étaient restés dans l'autre voiture et fit un geste pour se lever, mais Nick la retint.

— Où allez-vous ?

— Mes chaussures, là-bas...

— Attendez, j'y vais.

Une seconde plus tard, il était de retour.

— Voilà. Je n'ai pas vu votre sac.

— Je l'ai. Mon agresseur s'est contenté d'arracher ma broche, si l'on peut dire.

— Je comprends votre émotion. Cette broche était un bijou de famille, n'est-ce pas ? Elle doit représenter beaucoup de choses pour vous.

— Elle appartenait à ma mère.

— Elle lui appartenait ?

— Oui. Maman est morte.

— Je suis désolé...

Leslie sentit qu'il allait poser d'autres questions et regretta d'avoir parlé si spontanément. A sa grande surprise, il n'en fit rien.

— Vous savez, Fanny, j'ai bien peur que vous ne revoyiez pas votre broche de sitôt. C'est une pièce à conviction...

— Je sais.

Et si Leslie ne portait pas plainte, elle ne récupérerait jamais la broche de Cecily. Pourtant, elle pensa que cette perte serait moins grave que de ne plus voir Nick. Agenouillé devant elle, il lui prenait la cheville pour lui remettre ses escarpins.

— Vous voyez, Cendrillon, j'ai fini par l'apporter, cette pantoufle de verre !

Leurs regards se rencontrèrent ; lorsqu'il lui passa la sandale, Leslie frissonna. L'espace d'un instant, l'attraction qui s'exerçait entre eux fut si forte qu'elle en devint presque tangible. Irrésistiblement attirée, la jeune femme se pencha vers lui...

Le train ralentit et s'arrêta. Tout à l'heure, pour Leslie, arriver à cette station était son but. Maintenant, elle avait peur de quitter le train.

Nick se leva et lui tendit la main. Il ne fallait pas lui laisser deviner ses intentions. Elle regrettait tellement de devoir se cacher de cet homme qu'elle était sûre de détester, moins d'une heure auparavant !

Sur le quai, deux agents de police attendaient. Le contrôleur fit avancer le jeune voleur vers eux et, d'une voix morne, Leslie expliqua ce qui s'était passé. Tout en répondant aux questions, elle se demandait comment diable elle parviendrait à se tirer de là.

Le train suivant mit une éternité à arriver. Il allait dans la bonne direction.

La jeune femme fit comme si elle ne l'avait même pas entendu arriver. Le cœur battant, elle attendit la dernière minute et, brusquement, elle sauta dans la voiture. Les portes se refermèrent sur ses talons.

— Fanny !

Le train s'ébranla. Juste avant qu'il s'engouffre dans le tunnel, Leslie eut encore le temps de voir Nick Justin courir le long du quai en criant son nom.

Bonnie ouvrait des yeux ronds.

— Comment ! Vous avez eu le cran de sauter dans

un autre train ? Mais vous avez des nerfs d'acier, Leslie !

— Jamais je n'ai eu aussi peur de ma vie. Mais je ne pouvais pas prendre le risque de me retrouver au poste de police. J'espère qu'ils se contenteront du témoignage de Nick. Peut-être a-t-il porté plainte contre ce gamin ?

Bonnie regarda son amie du coin de l'œil et lui versa une tasse de café.

— Vous avez des remords ?

— Oui. Et comment !

— Ah ! C'est une nuit à marquer d'une pierre blanche. Les péchés de Leslie Daniels lui seront-ils pardonnés ?

Leslie éclata de rire.

— Ça, je n'en sais rien !

Enfin ! Elle avait réussi à faire ce qu'elle avait voulu. Et pourtant, elle ne se sentait ni apaisée ni satisfaite. Si la police était venue tambouriner à la porte pour l'arrêter, elle se serait sentie presque soulagée.

La jeune femme regarda la petite collation préparée à l'improviste par son amie. Bonnie Chandler était la gentillesse même. Quand quelque chose n'allait pas pour Leslie, elle le sentait toujours et savait la réconforter.

— Vous me sauvez la vie, Bonnie...

— Et ce n'est pas à cela que servent les amies ?

— Vous ne trouvez pas cela terrible de vous lever en pleine nuit pour écouter mes histoires ?

— Vous débarquez avec l'air de quelqu'un qui sortirait tout droit d'un film d'épouvante ! Je ne vais tout de même pas laisser passer une telle occasion ! Il me faut tous les détails.

— Mais vous les avez maintenant ; l'enfer, d'un bout à l'autre, voilà ce que c'était !

Un grand sourire illumina le visage de Bonnie.

— Quand donc vous ai-je entendue dire que votre vie était triste à mourir ?

— Il est vrai que, ce soir, j'ai eu mon compte d'émotions.

— Moi, je trouve que c'est extraordinaire. Nick Justin et Ken Powell en une seule soirée...

— C'était horrible !

— Tout le temps ?

— Eh bien...

Leslie eut le souvenir fugitif de Nick en train de l'enlacer.

— C'est bien ce que je pensais, Leslie. Vous êtes une autre femme. Je l'ai vu à l'instant même où vous passiez la porte.

— Quelle blague !

— Comme vous voulez. Mais alors, pourquoi rougissez-vous ? Et puis, si vous voyiez vos yeux quand vous dites son nom !

— Il est arrogant, vaniteux et prétentieux ! Je l'ai trouvé parfaitement odieux !

Une lueur amusée brilla dans les yeux de Bonnie.

— Bien sûr, mais il vous a aussi un peu sauvé la vie, tout de même.

— Oh ! n'exagérons rien, je n'étais pas en danger de mort. Et puis, d'abord, je ne serais jamais montée dans ce train s'il ne m'avait pas enlevée ! Tout est de sa faute !

— Je ne sais pas ce qu'en penserait un tribunal. Vous avez pris le taxi de votre plein gré...

— Bien sûr ! Je ne pouvais pas voir qu'il était dedans !

— Peut-être, mais ce n'est pas sa faute si vous n'aviez pas vos lunettes.

— Dites-donc, vous êtes de quel côté ?

— Le vôtre, ma chérie, le vôtre...

Elle poussa vers Leslie la boîte qui se trouvait devant elle.

— Vous allez me faire le plaisir de manger quelques biscuits au chocolat. Vous avez besoin de vous reconstituer et, mince comme vous l'êtes, ça ne vous fera pas de mal. On ne peut pas en dire autant de tout le monde !

Sur ce, elle saisit un biscuit et en tendit un à Leslie qui l'attrapa en riant.

— A quoi ressemble-t-il ce Nick Justin ? Comment pourrait-on le décrire en un seul mot ?

— Un seul ? Quel est le terme pour qualifier quelqu'un qui va toujours de l'avant, quoi qu'il arrive ?

— Intrépide !

— Exact ! Il est absolument intrépide !

— Est-il aussi malin qu'il en a l'air à la télévision ?

— Rusé comme un renard, et dix fois plus dangereux !

— Il est beau ?

Leslie hésita.

— Je ne sais pas bien, mais il en impose. Et il est plus jeune qu'il ne le paraît à la télévision.

— J'en déduis donc qu'il est beau ! Vous rougissez encore ! Dois-je supposer qu'il vous a embrassée ?

— Un peu.

— Et alors ?

Leslie ne sut que répondre. Bonnie regarda ses joues écarlates, ses yeux brillants, et soupira.

— Je le savais. Vous avez quand même fini par vous en sortir. Alors, qu'allez-vous faire avec Harald ?

— Rien du tout !

— Comment, rien ? Vous l'épousez quand même ?

— Pourquoi pas ? Enfin, Bonnie, ce n'est pas comme si je devais revoir Nick Justin.

— N'en soyez pas si sûre ! De toute façon, maintenant, vous devriez bien voir que vous et Harald, vous n'êtes pas faits l'un pour l'autre.

— Oh ! On le sait, qu'il ne vous plaît pas !

— Non, il ne me plaît pas. C'est un opportuniste. On ne peut pas lui faire confiance. Epouser à la fois la réputation de Harrison Daniels, la fortune de Cecily Daniels et une jeune fille à la fois belle et innocente par-dessus le marché, c'est une véritable aubaine pour lui ! Leslie, avec votre allure, votre nom et votre argent, vous faites une épouse de politicien idéale. Et c'est pour cela qu'Harald vous a choisie.

— Vous ne croyez pas qu'il m'aime ?

Bonnie soupira.

— Peut-être. Je n'en sais rien et ça m'est égal. Ce que je peux dire, c'est que vous, vous ne l'aimez pas.

— Mais si...

Leslie insistait avec moins de conviction qu'à l'ordinaire.

— Vous n'aimez aucun des contacts physiques que vous avez avec lui !

— Si ! Mais... Ça n'a rien d'extraordinaire, voilà.

— Alors, pourquoi l'épouser, au lieu d'attendre l'homme avec qui ce serait extraordinaire ?

— Je l'attendrais toute ma vie ! Voyons, Bonnie, Harald est beau comme un dieu, et ça ne me fait rien. Alors, c'est que j'ai, moi, un problème. Je dois m'y faire, c'est tout.

— Allons donc ! Nick Justin ne vous a pas fait réagir, peut-être ?

Leslie ouvrit la bouche pour protester, mais se reprit.

— Oui... Je me suis sentie... différente. Mais ça ne veut rien dire.

— Leslie, vous n'êtes pas faits pour vous entendre, c'est tout. Harald est peut-être beau, mais celui qui est pour vous un vrai homme, c'est Nick Justin.

— D'accord. Un homme qui me déteste.

— Alors là, je n'en suis pas si sûre !

— Vous n'avez pas vu sa tête quand je l'ai planté sur le quai !

— Vous non plus ! Vous n'aviez pas vos lunettes !

— Quoi qu'il en soit, nous ne nous verrons plus jamais.

— On parie combien? A mon avis, il va vous rechercher!

A cette idée, Leslie sursauta.

— Non!

— Bien sûr que si! Il y a le procès de votre voleur et son reportage... Voilà qui est suffisant pour être sûr qu'il n'abandonnera pas. Et s'il est aussi intrépide que vous le dites, il vous retrouvera.

— Alors, que le ciel me vienne en aide!

4

L'article parut dans le *New York Times* du lendemain matin, sur une colonne, dans les informations locales. « UN REPORTER ARRÊTE UN SUSPECT DANS LE MÉTRO ; ON RECHERCHE LA FEMME MYSTÈRE. » Leslie sentit sa mauvaise conscience la tenailler. Bien sûr, Nick pouvait porter plainte tout seul. Sa parole suffirait largement, mais...

La jeune femme secoua la tête. Allons, au travail ! Le gala annuel de la fondation approchait. Si elle voulait que le magazine *Newsday* en parle dans son édition du vendredi, il fallait qu'elle fasse la note tout de suite !

D'habitude, cela ne lui prenait que peu de temps mais, ce jour-là, l'inspiration ne venait pas, et Leslie n'arrivait pas à tirer une seule ligne de sa machine à écrire. Elle se rendait bien compte qu'elle avait besoin de parler à quelqu'un. Elle décrocha le téléphone.

— Grossbaum and Smith, bonjour.

— Bonjour. Leslie Daniels à l'appareil. Maître Smith, s'il vous plaît.

Quelques secondes plus tard, la voix grave et rassurante de Mildred Smith vibra dans l'écouteur.

— Leslie ! Que se passe-t-il ?

— J'ai des ennuis et j'aimerais bien vous voir.

Au bout du fil, Mildred observa un instant de silence, comme si elle se demandait quel genre d'ennuis pouvait bien avoir Leslie. Mais elle ne demanda pas de précisions.

— Bien sûr. Avec plaisir. Quand ?

— Aujourd'hui, ce serait possible ?

— C'est donc si grave ? D'accord, venez tout de suite.

— Mais je ne veux pas vous déranger. Ça peut attendre...

— Je vous attends, Leslie. A tout de suite !

Vingt minutes plus tard, Leslie était introduite dans le bureau de Mildred Smith. La décoration en était très sobre : lambris de noyer, moquette beige, grand bureau de chêne massif. Par son côté fonctionnel, cette pièce correspondait parfaitement à sa personnalité.

Leslie avait beaucoup d'admiration pour Mildred Smith. Elle avait travaillé au ministère de la Justice du temps de Robert Kennedy et avait été très amie avec le père de Leslie, dont elle avait été le premier avocat-conseil à la création de la fondation Daniels. A la fin des années soixante, Mildred avait été élue député. Au congrès, son verbe éloquent et ses principes intransigeants l'avaient rendue célèbre dans tout le pays. A présent, elle s'occupait d'une permanence juridique ; elle aurait pu gagner bien davantage en exerçant pour une clientèle fortunée mais cela ne l'intéressait pas.

Mildred avait une soixantaine d'années, une allure solide et des manières directes. Sous ses cheveux gris, son visage ouvert et extrêmement mobile avait un charme certain, même si elle n'était pas réellement belle. D'un geste, elle invita Leslie à s'asseoir.

— Alors, que se passe-t-il ? Vous êtes en passe d'aller en prison ?

La jeune femme se mit à rire.

— Ce n'est pas tout à fait cela.

Elle respira un grand coup.

— Avant de parler, je veux être sûre que tout cela restera entre nous.

— Je vous en donne ma parole.

Leslie était en confiance et lui raconta tout : *La Femme aux poisons*; le prix littéraire; Nick; l'article sur la « femme mystère » dans le *New York Times*.

Mildred l'écouta sans l'interrompre.

— Alors, qu'attendez-vous de moi ? Un conseil juridique ?

Leslie fronça les sourcils.

— D'un point de vue moral, est-ce très mal si je ne vais pas à la police ?

— Je ne porte pas de jugement moral, Leslie.

— Mais vous avez une opinion. En tant qu'amie.

— D'accord. Commençons par le commencement. D'abord, votre livre. C'est très bon pour vous. Je vous félicite !

Elle sourit.

— Comment avez-vous pu cacher *La Femme aux poisons* à Prudence ?

— Je l'ai écrit sous la tonnelle de Central Park, près de l'embarcadère. A la main.

— Alors, je double mes félicitations. Maintenant, passons aux choses désagréables.

— Vous iriez porter plainte, n'est-ce pas ?

— Sans l'ombre d'une hésitation. Mais je ne suis pas vous, Leslie. Pour vous dire la vérité, vous m'avez toujours paru trop scrupuleuse. Trop prudente. Trop bien pour votre bien. Vous saisissez ce que je veux dire ?

Leslie acquiesça.

— Oh ! Que oui !

— A votre âge, c'est un peu tard pour faire une

crise d'adolescence. Mais surtout, je ne sais pas si vous êtes déterminée à affirmer votre personnalité en vous moquant des conventions et du qu'en-dira-t-on.

— Pour l'instant, j'ai surtout peur. A cause de Prudence. Si elle entendait parler de *La Femme aux poisons*...

— Ça ne lui plaira pas.

— Elle va me mettre au ban de la famille !

— Ce serait si terrible que ça ?

— Bien sûr ! Je n'ai qu'elle !

Mildred la regarda avec attention.

— Ma petite Leslie, être une Daniels ne devrait pas ressembler à une condamnation à perpétuité. Je sais très bien que dans la bouche de Prudence, quitter la fondation peut prendre des allures de crime...

— De haute trahison, même !

— Vous ne vous êtes jamais demandé pourquoi elle était si inflexible ! Sans doute êtes-vous la seule gosse d'Amérique à laquelle on n'ait jamais demandé ce qu'elle voulait faire plus tard. De tout temps, on a tenu pour acquis que Leslie rejoindrait la fondation. Pourquoi ?

Leslie, secouée par la perspicacité de Mildred, mit un certain temps avant de répondre :

— A cause de papa, je suppose. Pour honorer sa mémoire. Son œuvre mérite d'être poursuivie.

— Pour Harrison Daniels ? Ou pour Prudence Daniels ?

— Je ne comprends pas...

— Pensez à ce qu'est sa vie. Elle n'a jamais eu que son frère et, maintenant, vous et la fondation. Elle n'a pas de vie à elle. Pas de mari, pas d'enfant. Même ses rêves, elle les tient des autres.

— Je suppose que c'est pour ça qu'elle veut me voir suivre les traces de mon père.

— Oh ! Mais elle ne veut pas que vous soyez comme Harry, elle veut que vous soyez comme elle !

Leslie essaya de protester, mais les paroles s'arrêtèrent sur ses lèvres. Comme Prudence! Quelle pensée horrible! Et pourtant, Mildred n'avait pas tort.

— Si vous deveniez une autre vieille fille mariée à la fondation, alors, cela donnerait à Prudence la certitude que ce qu'elle a fait de sa vie est bien. Si vous vouliez suivre une autre carrière, ou vous marier et avoir des enfants, alors, votre tante devrait se remettre en question. Pourquoi pensez-vous donc qu'elle s'acharne à vous garder sous sa coupe? A essayer de faire de vous quelqu'un de timide et de craintif, sans esprit critique?

— Mais non! Vous vous trompez, Prudence veut que j'épouse Harald. C'est elle qui m'a poussée à me fiancer. Avec les Clinton, elle parlait déjà de mariage avant même que je dise oui!

Mildred hocha la tête.

— Si vous voulez, mais ça revient au même. A votre avis, pourquoi veut-elle vous faire épouser Harald?

Leslie pensa aux liens étranges qui unissaient sa tante et son fiancé. Parfois, il lui semblait que Harald aimait mieux faire plaisir à Prudence qu'à elle-même. Elle hésita.

— Parce que Harald veut autant qu'elle me voir liée à la fondation?

— Eh oui! Clinton est un politicien. Il veut que vous restiez toujours la fille inconsolable du martyr des droits civils, parce que cela lui rapportera des voix aux élections. Si vous quittiez la fondation, si vous ne poursuiviez pas l'œuvre de votre père, il ne vous le pardonnerait jamais.

— Oh! non!

— Mais vous vous en êtes sûrement rendu compte sans vous l'avouer.

— Comment, vous pensez qu'il veut simplement se servir de moi?

L'avocate soupira et se leva.

— Et vous êtes trop gentille pour y croire. L'amour est aveugle, dit-on... mais n'oubliez pas, pourtant, que choisir votre propre vie n'est pas un crime. Votre père se battait pour que tout le monde puisse être maître de ses actes et de sa vie. Il voulait plus de liberté. Je crois que c'est surtout ce qu'il voudrait pour vous.

Mildred est solide comme un roc, pensait Leslie. Elle me fait du bien. Elle sera toujours de mon côté, quoi qu'il arrive.

— Merci, Mildred. Vous m'êtes d'un grand secours...

— Au fait, et cette histoire avec la police ?

La jeune femme fit la grimace.

— Je crois que je devrais aller porter plainte.

— Si ça peut vous aider, je viens avec vous.

— Je vous ferai signe. Je n'irai pas avant le gala de samedi. J'ai tellement de choses à faire, d'ici là...

— C'est une bonne excuse, non ?

— D'accord, mais vous savez comment est Prudence dans ce genre de circonstances. Si je dois lui parler du livre, ce sera beaucoup plus facile la semaine prochaine.

— Si vous le dites... Je peux vous poser une question avant que vous partiez ?

— Bien sûr.

— Qu'y a-t-il entre vous et Nick Justin ?

Décontenancée, Leslie se mit à bredouiller.

— Mais rien !

— Rien. Mais vous devenez aussitôt rouge comme une pivoine. Un dernier conseil : dans un procès, n'assurez jamais votre défense vous-même. Allez, dites-moi ce que vous pensez de mon ami Nick Justin.

— Votre ami ? s'exclama Leslie, n'en croyant pas ses oreilles.

— Il a fait deux ans de droit à l'université de Columbia.

— C'était un de vos étudiants ?

— Oui. Quand il a choisi le journalisme, ça a été une grande perte pour le barreau.

— Ainsi donc, c'est là qu'il a appris l'art de l'interrogatoire ! J'aurais dû m'en douter.

— Il ne manque pas d'un certain talent, non ?

— Il m'a passée à la moulinette, avec ses questions ! A la fin, je ne savais même plus ce que je disais.

— Je m'en doute. Vous êtes amoureuse de lui ?

— Grands dieux, non !

— Inutile d'avoir l'air si choqué. Cela peut arriver à tout le monde. Je ne suis pas Sherlock Holmes, mais je peux tout à fait imaginer ce qui s'est passé dans ce taxi.

Leslie rougit.

— Il m'a... Il m'a embrassée.

Mildred sourit.

— C'est un type bien, Leslie. Vous pouvez me croire.

— Un type épouvantable, vous voulez dire ! Je suis fiancée, vous vous en souvenez ?

— Oui. Au fils de Jude Clinton. Et vous les connaissez, les Clinton : la seule chose qui les intéresse, c'est leur position sociale. Le genre d'homme qu'il vous faudrait, c'est Nick Justin.

Elle s'arrêta un instant, l'air pensif.

— Et réflexion faite, la femme qu'il lui faut, c'est peut-être bien vous. Un peu jeune peut-être... Mais, après tout, ce n'est pas plus mal.

— Que voulez-vous dire ?

Leslie ne pouvait retenir sa curiosité.

— Il a beaucoup souffert. De là un certain cynisme, surtout en ce qui concerne les femmes.

— Je l'ai remarqué...

— Il y a d'abord eu son divorce puis la mort de Cynthia...

— Sa femme est morte ?

— L'hiver dernier. Sa voiture a quitté la route, là-haut, dans les Catskills. Ces routes de montagne sont dangereuses, même quand on n'a pas bu. Et, bien sûr, Cynthia...

Elle s'interrompit et reprit :

— Heureusement que la petite Becky n'était pas à bord. Mais Nick se sent coupable.

— De quoi, puisqu'il s'agit d'un accident ?

— Avant que Nick ne devienne un journaliste célèbre, Cynthia ne buvait jamais. Mais, à partir de ce moment, les problèmes ont surgi. Elle pensait qu'elle devait être au même niveau que lui, mais ce n'était pas possible.

— Elle était très connue, elle aussi.

— Oui. Mais ce n'est pas la même chose. La télévision faisait entrer son mari dans tous les foyers. Elle n'était plus que la femme de Nick Justin, pensait-elle.

— Alors, elle s'est mise à boire.

— Oui. Le succès de Nick agissait sur elle comme un poison. Elle a perdu toute confiance en elle-même et dans son propre travail. Sans cesse, elle lui faisait payer des griefs, imaginaires pour la plupart. Finalement, il a abandonné la partie et obtenu le divorce. Bien trop tard si vous voulez mon avis.

— Vous croyez qu'il l'aimait encore ?

— Oh ! Elle a tout fait pour le décourager. Toujours est-il que, depuis ce temps-là, il n'a jamais rien eu de sérieux avec aucune femme.

Elle se souvint de l'expression de Nick quand il l'avait embrassée. On aurait dit que le désir qu'il avait d'elle lui faisait peur. Comme s'il s'en voulait de se laisser aller... Mais la voix de Mildred la tira brusquement de ses rêveries.

— Vous pourriez être la femme dont il a besoin maintenant. L'intelligence, l'innocence et la confiance peuvent faire des merveilles.

— La confiance ? Après ce qui s'est passé, je ne vois pas comment nous pourrions avoir confiance l'un dans l'autre.

Leslie pensa qu'un véritable gouffre les séparait et

pas seulement dû à leur différence d'âge. Comment pourrait-elle jamais intéresser un homme tel que Nick, ou gagner sa confiance, après s'être conduite comme elle l'avait fait ?

Mais Mildred continuait tranquillement :

— Oui, vous êtes faits l'un pour l'autre. Vous lui rendriez son amour de la vie et lui vous endurcirait un peu. Ce serait parfait !

Elle sourit.

— Moi, je trouve que celui qui téléphonerait à Nick pour lui dire où trouver sa Fanny Duvall serait bien inspiré !

— Mildred ! Ne faites pas cela ! Promettez-moi de ne pas le faire !

— Mais non, bien sûr !

Elle donna même sa parole.

Mais, pendant des heures, Leslie pensa à son sourire énigmatique. Avait-elle bien fait de se confier à Mildred ? Si cette femme avait toujours mené à bien ce qu'elle entreprenait, sans doute était-ce parce qu'elle n'avait jamais eu peur de prendre les choses en main !

— Ma chérie ? A quoi pensez-vous ?

Leslie sursauta. Elle avait à peine touché à son dîner et vit qu'Harald fronçait les sourcils.

— Comment ? Excusez-moi. J'ai été distraite toute la soirée, n'est-ce pas ?

— Quelque chose ne va pas ?

Rien ne va ! cria-t-elle intérieurement. Mais elle hocha la tête. Il n'aurait pas été possible de parler de ses problèmes à Harald Clinton. Elle l'imaginait déjà en train de lui dire : « Voyons, mon trésor, vous vous inquiétez pour un rien ». Alors, elle donna à son fiancé la réponse qu'il souhaitait entendre.

— Oh ! J'ai eu beaucoup de travail aujourd'hui, c'est tout.

Harald se pencha pour lui caresser la main. Cette main sur laquelle brillait la bague de diamants.

— Voyons, qui vous a donné tant de souci, mon chou ?

Il eut l'éblouissant sourire d'homme politique que Leslie commençait à mépriser. Elle soupira.

— J'ai reçu une femme qui a une maîtrise en droit social. Elle s'occupe d'un projet de rénovation immobilière dans le quartier du Bronx. Les subventions de l'association ont été coupées le premier juillet.

Par automatisme, il répondit :

— C'est dommage.

— Terrible ! Je ne pouvais rien faire pour l'aider.

— Ce n'est pas votre faute s'il n'y a pas d'argent.

— Oh ! Si c'était seulement une question d'argent, je ne me sentirais pas aussi hypocrite.

— Hypocrite ? Pourquoi ?

— Je ne pouvais pas m'empêcher de penser que nos rôles auraient dû être inversés. Avec ses qualifications et son expérience, c'est mon poste qu'elle devrait occuper. Voilà dix ans qu'elle travaille sur le terrain. Moi, ma seule référence est une licence en littérature anglaise. Alors, pourquoi suis-je vice-présidente de la fondation Daniels alors qu'elle est au chômage ?

Harald se mit à rire.

— Parce que vous êtes une Daniels. Il n'y a pas de quoi se sentir coupable. Et puis vous travaillez vraiment. Acceptez donc cet héritage, Leslie. Et détendez-vous.

— Mais c'est sérieux, Harald !

— Bon. Soyons sérieux, puisqu'il le faut.

Son intonation indiquait clairement que, pour lui, Leslie se faisait une montagne d'une taupinière. La jeune femme se sentit complètement niée. Quand ils s'étaient connus, elle avait eu l'impression qu'Harald considérait ses opinions comme importantes. Mais depuis quelque temps, elle commençait à le trouver plein de condescendance. Tout en attaquant son dessert, elle décida d'en avoir le cœur net.

— Qu'est-ce que vous diriez si je quittais la fondation ?

— Quand nous aurons des enfants, il ne faudra pas y avoir autre chose qu'un poste honorifique. Vous êtes d'accord ?

— Et d'ici là ? Si je voulais partir pour me lancer dans une autre carrière, par exemple.

Harald en resta stupéfait.

— Une autre carrière ? Quelle autre carrière ?

— Eh bien ! Je pensais...

Brusquement, Leslie hésita. Elle se souvint de la conviction avec laquelle elle avait défendu son livre devant Nick. Elle n'avait pas eu peur de lui en parler, à lui. Elle n'avait pas eu peur d'être elle-même et, pourtant, elle avait peur de lui !

— J'ai toujours eu envie d'écrire et...

— Mais bien sûr, ma chérie. D'ailleurs, vous avez fait un travail formidable dans la campagne publicitaire de la fondation. Même Prudence est d'accord là-dessus. Peut-être aurai-je besoin de vous dans ma campagne électorale...

— Mais ce n'est pas du tout ce dont je voulais parler !

Harald prit un air vexé, et Leslie se reprit pour éviter une dispute.

— Je suis très flattée de voir que ce que j'ai écrit puisse contribuer à une juste cause. Mais ce que je voudrais vraiment, c'est me lancer dans la littérature.

Harald ouvrit de grands yeux.

— Vous voulez dire... écrire des nouvelles ?

— Des romans. Tous mes professeurs m'y encourageaient, autrefois.

Il l'interrompit d'une voix douce.

— Bien sûr. C'est leur rôle, ma chérie. Mais ce n'est pas parce que vous êtes capable d'écrire un bon communiqué ou une lettre d'affaires que vous sauriez écrire un livre.

— C'était juste une idée, comme ça.

Déjà, elle regrettait d'avoir abordé le sujet. Il souriait.

— Ecoutez, si cela vous plaît d'écrire quelques lignes de temps en temps, pourquoi pas ? Mais ne confondez pas cela avec votre travail. Vous êtes bien trop précieuse là où vous êtes.

Précieuse pour qui ? Pour Harald Clinton ? Une Leslie Daniels qui n'aurait pas été liée à la fondation n'aurait peut-être aucune valeur pour ce futur député. Elle se mordit les lèvres. Il lui fallait reconnaître qu'Harald l'ennuyait de plus en plus depuis la fameuse nuit des Edgar. Ou, pour être plus précise, depuis qu'elle avait rencontré Nick Justin. Avec ses cheveux blonds et ses yeux bleus, Harald était vraiment beau, mais cela ne lui faisait plus rien. Malgré ses traits parfaits, à côté d'un Nick Justin tourmenté et rayonnant d'intelligence, il paraissait insipide et sans vie.

Tandis que Nick ! Nick était un homme plein de vitalité. Un fonceur. Et qui l'avait toujours traitée en égale. Il l'avait bousculée, certes, il avait entamé un match sans pitié. Mais dans ses yeux, il y avait toujours cette petite étincelle qui disait : « On est là-dedans tous les deux, et c'est drôle ! Vous voyez comme on peut s'amuser ensemble ? »

Jamais Harald ne la regardait de cette façon. Comment en était-elle arrivée à accepter de l'épouser ? Ce n'était pas la première fois qu'elle se le demandait. Mais aujourd'hui, elle connaissait la réponse. C'était par gratitude. Parce qu'il voulait bien d'elle, parce que Prudence approuvait cette union, parce qu'elle croyait avoir beaucoup de chance d'être demandée en mariage par Harald Clinton.

Elle n'avait pas du tout pensé à se marier, et se voyait déjà liée à jamais à la fondation jusqu'à sa mort, comme sa tante. Prudence lui renvoyait d'elle une image terne et neutre. Pourquoi avait-elle intériorisé cette image ? Au fond, Leslie ressemblait davantage à sa mère. Cecily, à dix-neuf ans à peine, s'était enfuie de Boston avec un inconnu qui n'avait pas le premier sou. Le scandale avait été tel que sa famille l'avait déshéritée. Cecily Cobb Daniels avait suivi son mari dans le Mississippi sans jamais regarder en arrière.

Le meurtre de Harrison l'avait complètement anéantie. Elle lui avait survécu moins de deux ans, et Prudence Daniels avait pris en charge sa petite fille. Parfois, Leslie se disait qu'elle était tout aussi désarmée devant la vie que Cecily. Elle avait les mêmes traits que sa mère et, peut-être aussi, le même esprit romantique. Mais le modèle qui lui avait été désigné était Prudence. Prudence la besogneuse, la puritaine, la raisonnable, qui n'avait jamais attendu beaucoup de la vie et qui n'avait jamais été déçue.

Brusquement, la voix d'Harald la tira de ses pensées.

— Il faut choisir une date pour notre mariage. Que penseriez-vous de fin septembre ?

— Ça ne va pas empiéter sur votre campagne ?

— Eh bien ! Au début, j'avais d'abord pensé attendre les élections, mais se marier pendant la campagne est une excellente publicité ! Bien sûr, il faudra que je modifie mon emploi du temps pendant quelques jours.

— J'espère bien !

— Mais notre voyage de noces se fera après les élections. D'accord ?

— D'accord.

Elle s'y attendait. Pour un Clinton, la politique prendrait toujours le pas sur l'amour, si tant est qu'il se fût agi d'amour.

— Alors, voilà qui est réglé.

Ils quittèrent le restaurant et, à pied, descendirent Columbus Avenue en direction de l'appartement de Leslie. La jeune femme se sentit tout à coup incroyablement triste. Ainsi, à l'automne, elle serait Mme Harald Clinton. Pourquoi était-ce si déprimant ? Quand Harald lui avait proposé de l'épouser, elle avait dit oui très vite, même si elle n'avait pas sauté de joie. Il était intelligent et ambitieux. Et puis, bien sûr, ils auraient des enfants...

Leslie avait souvent rêvé des enfants qu'elle aurait d'Harald. Blonds, avec des visages rieurs. Mais, de plus en plus souvent, elle pensait à des enfants aux yeux noisette, au regard perçant, aux cheveux en bataille...

Leslie ouvrit la porte de son appartement. Bonnie était sortie. Nerveusement, la jeune femme alluma la lumière et se demanda ce qui allait se passer. Depuis leurs fiançailles officielles, elle avait passé plusieurs nuits avec Harald et cela avait provoqué en elle des réactions mitigées. Cela était agréable, mais sans plus, et elle avait toujours pensé qu'elle aurait dû ressentir des émotions plus fortes, au point qu'elle se demandait si elle était bien normale.

Maintenant, elle avait peur que rien n'améliore jamais leurs rapports. Ni le temps, ni l'expérience, ni le mariage.

Et elle se rappelait aussi ce qu'elle avait éprouvé quand Nick Justin l'avait embrassée.

Bonnie avait raison de dire qu'elle avait changé. Avec Nick, elle s'était rendu compte que sa sensualité était bien plus riche qu'elle ne l'avait pensé. Depuis cette nuit-là, elle n'avait cessé d'en chercher l'explication. Une explication qui n'aurait rien à voir avec l'homme lui-même. Et elle en avait conclu qu'elle mûrissait, simplement. Nick Justin s'était trouvé là au bon moment, c'était tout. Maintenant n'importe quel homme lui ferait sans doute le même effet. Y compris Harald.

Et pourtant, il n'en fut rien.

Pendant une bonne demi-heure, elle subit ses caresses sur le canapé, en espérant que la sensation magique qu'elle avait éprouvée dans les bras de Nick reviendrait. Mais elle devait se rendre à l'évidence : elle ne désirait pas Harald. Pas du tout. Elle ne se souvenait que trop bien de Nick, de l'émotion violente qui l'avait submergée et qu'Harald ne pouvait pas faire naître en elle.

Oui. Elle avait changé, mais pas comme elle l'avait cru. Nick Justin n'avait pas révélé en elle une sensualité qui l'aurait fait réagir au contact de n'importe quel homme, si beau fût-il. Il avait apposé sa marque sur elle, aussi sûrement qu'au fer rouge.

Soudain, elle en eut assez de feindre ce qu'elle n'éprouvait pas et elle se dégagea de l'étreinte d'Harald. Il lui lança un regard interrogateur. La situation était devenue terriblement difficile pour elle. Il y a encore quelque temps, se retrouver avec lui était agréable, mais maintenant elle se sentait d'avance déçue et déprimée. Lorsqu'il lui proposa de quitter le canapé pour aller dans sa chambre, elle éprouva presque de la répulsion à son égard. Elle se redressa et reboutonna son corsage.

— Je... Je ne peux pas...

— Mais que se passe-t-il, ma chérie ?

Elle se leva et se dirigea vers la porte.

— Vous voulez bien vous en aller ?

Il eut l'air tellement interloqué qu'elle se radoucit.

— Excusez-moi. Je ne me sens pas bien, c'est tout.

Une excuse aussi neutre que celle-là, Harald pouvait l'accepter. Mais elle ne pourrait pas toujours s'en tirer aussi facilement. Quand elle referma la porte derrière lui, elle tremblait. C'était d'angoisse et non de passion. Elle ne pouvait pas épouser Harald Clinton, maintenant, elle en était sûre. Pour rompre ses fiançailles, il faudrait trouver une excuse qui ne blesse ni Harald ni Prudence.

Cette nuit-là, Leslie se retourna dans son lit pendant des heures sans pouvoir trouver le sommeil. Et quand enfin elle parvint à s'endormir, elle rêva de Nick Justin...

Dans le salon de maquillage de la Tavern on the Green, Leslie se laissa tomber dans un fauteuil, devant l'un des miroirs. Contre toute attente, son discours de clôture s'était bien passé. La jeune femme avait ces galas de bienfaisance en horreur. Ils la déprimaient. On la regardait toujours comme une bête curieuse, sans jamais la laisser libre d'être elle-même.

— Leslie ? Vous êtes là ?

C'était la voix de Bonnie.

— Entrez et excusez-moi. J'en avais assez...

— Pas étonnant. On aurait dit que vous prononciez un discours électoral pour Harald. Venez, maintenant, l'orchestre est arrivé.

— Une minute, je me mets du collyre.

— Vos nouvelles lentilles de contact vous font mal ?

— Un peu. Elles se dessèchent. La fumée, sans doute. Mais au moins, je peux voir sans mes lunettes. Plus question de recommencer la soirée des Edgar, merci !

Dans sa robe du soir verte, Bonnie était éblouissante et ses yeux pétillaient de malice.

— Qu'y a-t-il, Bonnie ? On dirait que vous mijotez quelque chose.

— Oh ! C'est la musique qui me rend romantique. Si Gilbert me redemandait ma main, je serais capable de dire oui.

Les refus répétés de Bonnie à Gilbert, son amoureux transi, étaient devenus légendaires.

— Je ne le croirai qu'en vous voyant devant le

pasteur. Maquillez-moi les yeux, au lieu de dire des bêtises.

Soigneusement, Bonnie lui mit du fard à paupières d'un bleu très pâle.

— Je croyais que vous faisiez la tête.

— Moi ? Pourquoi ?

— Prudence s'accroche tellement au bras d'Harald qu'on dirait que c'est elle, sa fiancée. Pourquoi ne l'envoie-t-il pas promener ?

— Ne jamais contrarier quelqu'un d'influent. C'est très mauvais, en politique.

— Alors, il a vraiment compris la leçon. Mais épouser la fille unique d'Harrison Daniels, ça rapporte aussi des voix, non ?

Leslie savait qu'elle aurait dû prendre la défense de son fiancé, mais elle en était incapable et soupira :

— Oh ! Bonnie...

— Bon. N'en parlons plus. Le maquillage convient-il à madame ?

Les yeux de Leslie paraissaient immenses. Ses longs cheveux blonds étaient noués en catogan, avec quelques mèches folles sur les joues. Et sa robe-bustier de soie rose révélait à la perfection ses jolies épaules et sa longue silhouette. Bonnie la contempla avec admiration.

— Vous êtes superbe !

Les compliments mettaient Leslie mal à l'aise. Elle se leva.

— C'est la robe et la coiffure.

— C'est votre visage et vos épaules.

D'un geste rapide, elle prit des mains de Leslie son boléro à manches courtes. La jeune femme l'avait porté toute la soirée, car sa robe-bustier lui paraissait trop osée.

— Rendez-le-moi ! Sinon Prudence va avoir une attaque !

— Bonne idée ! Allez, Leslie, osez un peu vous

montrer. Vous êtes très belle et cela n'a jamais fait de mal à personne.

— Vous ne trouvez pas que la robe... en montre un peu trop ?

— Est-ce que, par hasard, vous avez regardé les autres femmes ? Elle est très chic, cette robe. Je vais déposer le boléro à votre place.

— Je peux le faire moi-même !

— J'insiste !

Leslie protesta encore, mais elle était tentée.

— Allons-y, alors.

— Non ! Laissez-moi une minute d'avance. Faites votre entrée toute seule. C'est votre soirée, pas la mienne. Et puis, il y a quelqu'un qui veut vous voir en particulier et qui ne serait pas content que je sois là.

Avant même que Leslie ait pu lui demander des précisions, elle s'était éclipsée. Son intuition lui disait qu'il se passait quelque chose de bizarre, mais elle ne s'attarda pas en conjectures et pensa qu'il devait s'agir d'Harald.

Elle sortit sans hâte. Dans le grand vestibule qui ouvrait sur la salle de réception, un serveur l'aperçut et faillit en laisser tomber son plateau. Elle sourit. Bonnie avait raison... Alors qu'elle allait entrer, une main se posa sur son dos nu. Au même instant une voix retentit à son oreille.

— Bonsoir, Fanny Duvall.

C'était Nick Justin !

5

— Vous !

Leslie en resta bouche bée. Les yeux de Nick luisaient comme des braises.

— Toujours en pleine forme, Fanny ?

— Ne m'appelez pas Fanny !

— Et pourquoi pas ?

— Vous le savez très bien. Et parlez plus bas.

Elle regarda vers la salle. Combien de temps se passerait-il avant que quelqu'un s'approche et l'appelle par son nom ?

— Vous êtes impossible, Nick !

— Mais obstiné.

— Que faites-vous ici ?

Nick ne répondit pas. Il détaillait Leslie des pieds à la tête. Il semblait fasciné non par son visage, mais par le décolleté de sa robe qui révélait la courbe de sa poitrine. Leslie rougit. Si seulement elle avait eu sa veste pour se cacher ! Au diable Bonnie et ses bonnes idées !

— Laissez-moi !

— Pas question. C'est une erreur que j'ai déjà commise. On ne m'y reprendra plus.

Il la regarda avec un sourire un peu cruel.

— Vous regardez tout le temps cette porte. C'est le gala de la fondation Daniels. On pourrait entrer et parler un peu ensemble...

— Non !

S'ils entraient dans cette pièce, c'en était fini de son secret. Non seulement Nick saurait qui elle était, mais encore il dirait à Prudence, à Harald, à tout le monde, que Leslie les avait trompés. Qu'elle avait une vie secrète sous le nom de Fanny Duvall, romancière !

— Vous êtes toute pâle, Fanny. Pourquoi ?

Elle eut un geste désabusé pour indiquer qu'aucun mot ne pouvait décrire ses problèmes.

— Que voulez-vous ?

— Tout ce que vous avez à offrir, Fanny. Mais expliquez-moi d'abord pourquoi vous m'avez laissé tout seul sur ce quai, avec deux policiers convaincus que le brillant reporter se payait leur tête !

En elle-même, Leslie devait bien convenir qu'il avait droit à une explication. Mais combien de temps pourraient-ils rester dans le hall sans attirer l'attention ? Déjà, l'employé du vestiaire les regardait avec curiosité.

— Pas ce soir. Demain. On se rencontrera où vous voudrez. Mais...

— Pas question. Ici, et tout de suite, Fanny.

— Mais je ne peux pas !

Elle regarda par-dessus son épaule. La porte était ouverte. N'était-ce pas Harald qui se tenait dans l'embrasure ?

— Pas ici, je vous en prie.

— Alors, dehors.

— S'il vous plaît, vous ne pouvez donc pas...

— Vous n'avez pas le choix.

Il voulut la prendre par la main pour l'emmener,

mais ses doigts rencontrèrent la bague de fiançailles et son geste s'arrêta net.

— Comment, vous êtes fiancée ? Ne me dites pas que Ken Powell a déjà obtenu le divorce ?

— Je ne suis pas fiancée à Ken Powell !

— Je m'en doutais bien. Alors, vous en avez donc pris un autre au piège ? Eh bien ! Présentez-moi donc le futur M. Duvall. Ça me plairait beaucoup.

— Mufle !

— Nous avons beaucoup de choses à nous dire, lui et moi.

— C'est du chantage !

— Exactement ! Si vous ne me dites pas ce que je veux savoir, on entre et vous vous expliquerez avec votre fiancé. A vous de choisir.

Leslie dut capituler.

— Sortons et soyez discret, si ce mot-là fait partie de votre vocabulaire.

Leslie se dit qu'au moins la moitié des serveurs avaient vu la scène. Si Harald la cherchait, il y aurait une bonne douzaine de personnes pour lui dire quand et avec qui elle était sortie.

L'hôtel donnait sur Central Park. Ils s'arrêtèrent près d'un banc.

— Vous n'avez pas peur, toute seule avec moi, dans le noir ?

— J'ai été toute seule avec vous dans de pires endroits.

Nick se mit à rire doucement.

— Et votre fiancé ne serait pas intrigué s'il vous trouvait au clair de lune avec un autre ? Mais peut-être ce pauvre diable en a-t-il déjà pris l'habitude ?

— Inutile d'être grossier !

— Oh non ! Soyons polis et civilisés. Vous êtes toujours comme il faut, n'est-ce pas , Fanny ? Sauf quand il s'agit d'aller passer quelques minutes au commissariat...

— Ecoutez, je suis désolée.

— Je n'en doute pas ! Je ne suis pas près d'oublier

la façon dont vous avez pris la poudre d'escampette tandis que j'essayais d'expliquer la disparition du témoin principal. J'aurais trouvé ça très drôle si ce gosse n'avait pas été dangereux.

Brusquement Leslie fut submergée de honte.

— J'aurais voulu rester, mais...

— Ken Powell vous attendait. Je sais. Oh! Vous avez été bien contente de me voir quand je suis venu à votre aide. Mais dès que vous avez pu me planter là pour rejoindre votre amant...

— Ah! voilà le fin mot de l'affaire! Je vous ai blessé dans votre sacro-saint amour-propre! Je répète que je vous prie de m'excuser, mais je suppose que si je vous le demandais pendant un siècle, ça ne serait pas encore assez.

— Ne gaspillez pas votre temps. Mon amour-propre a déjà été blessé par des experts en la matière, et j'ai survécu. Plutôt que de me présenter des excuses, sans me donner la moindre explication, venez avec moi déposer plainte contre le voleur.

— Vous êtes fou! Comment faire?

— C'est simple : il y a un commissariat pas très loin, on peut même y aller à pied.

— Vous ne comprenez donc pas? Il m'est absolument impossible d'aller à la police.

— Et vous allez encore me donner une bonne raison complètement inventée pour vous permettre de filer. La prochaine fois qu'on vous agressera, j'espère bien qu'il n'y aura personne pour vous aider!

La véhémence de Nick surprit Leslie. Il en faisait une question de principe plus que d'amour-propre.

— Ecoutez, je suis vraiment désolée. Vous ne savez pas ce que c'est que d'avoir peur. Alors vous ne pouvez pas comprendre ce que je ressens ; si je me suis enfuie, c'est parce que j'avais peur.

— De quoi, Fanny?

Déjà, il semblait un peu moins en colère. Elle hésita.

— De vous. Fanny Duvall, ce n'est pas mon vrai nom, vous le savez. Je ne pouvais pas donner à la police mon identité et mon adresse. Vous les auriez sues et... vous vous en seriez servi contre moi.

Il cessa de marcher de long en large et se planta devant elle.

— Vous feriez aussi bien de me le dire tout de suite. De toute façon, je le saurai.

Elle soupira. Il avait gagné. Pourtant, il semblait n'en tirer aucune gloire. Son visage ne reflétait que la curiosité, et, qui sait, peut-être un peu d'inquiétude.

— Je sais, Nick. Je m'appelle Leslie Daniels.

Il fronça les sourcils, incrédule.

— Comment ? Vous êtes la fille de Harrison Daniels ?

Leslie hocha la tête et se sentit soudain soulagée d'un grand poids. Il semblait à la fois surpris et compatissant.

— Mais... Je croyais que c'était une petite fille !

— J'ai vingt-trois ans.

— Bon sang, comme le temps passe !

L'air abasourdi, il se passa la main dans les cheveux.

— Bien sûr, on ne peut pas s'habituer à la perte d'un homme tel que Harrison Daniels. C'est peut-être pour cela qu'il est encore si présent dans notre esprit.

Leslie aurait pu supporter l'ironie de Nick, mais ce ton plein de compassion la mettait mal à l'aise. Elle avait du mal à retenir ses larmes. Elle ne se souvint plus du moment où il l'avait fait s'asseoir près de lui, un bras autour de ses épaules.

— C'est donc si difficile ?

— Vous n'avez pas idée.

— Dites-moi, Fanny.

Et c'est ce qu'elle fit. Elle lui raconta tout. Prudence, la fondation, son livre, cette double vie qu'elle n'arrivait plus à mener de front. Dans sa bouche, les mots se bousculaient. Quand elle eut fini, elle se sentit plus calme.

— Pauvre Fanny ! Jamais personne ne vous a soutenue, n'est-ce pas ? Mais vous n'êtes pas une lâche, vous savez. Il fallait du courage pour écrire ce livre.

Sa tête était posée contre l'épaule de Nick.

— Vous connaissez ma tante Prudence ?
— Oui.
— Alors ?
— Elle est aussi sensible qu'un corset de fer et aussi aimable qu'une porte de prison.

Leslie eut un rire bref.

— Si elle apprend que j'ai écrit *La Femme aux poisons*, elle va me punir terriblement. Pire encore : elle me mettra au ban de la famille.

— Ah oui ! La fondation devient très collet monté, ces derniers temps. Je me demande ce qu'Harrison Daniels en aurait pensé.

— Il aurait complètement désapprouvé cette évolution. Papa voulait aider les gens, pas les juger. Prudence aime le pouvoir. Ce qu'elle veut, c'est contrôler la vie des autres.

— A commencer par la vôtre ?
— Vous le savez bien.
— Et votre fiancé ? Il ne vous soutiendrait pas ?

Leslie frissonna.

— Harald ? Vous voulez rire ? C'est plutôt lui qui jetterait la première pierre. Voyez-vous, ce n'est pas moi qu'il aime. Pas la vraie Leslie. Celle qu'il aime, c'est la fille d'Harrison Daniels, douce et convenable.

— Vous n'êtes pas comme votre père, ce n'est pas un crime. Et vous n'êtes pas non plus ce que souhaite Prudence Daniels. A mon idée, c'est plutôt une bénédiction.

— Cela veut-il dire que mes péchés sont pardonnés ?
— Non.

Il parlait sérieusement.

— Alors, que voulez-vous de moi ?

— D'abord, ceci.

Il s'approcha d'elle et l'embrassa très doucement sur la bouche. Le cœur de Leslie se mit à battre plus vite. Elle se pencha vers lui. Alors, il prit le visage de la jeune femme dans ses mains et l'embrassa encore. C'étaient de tendres petits baisers, pleins de promesses et de retenue, qui faisaient croître le désir qu'elle avait de lui. Elle glissa les mains autour du cou de Nick et murmura son nom d'une voix qu'elle ne contrôlait plus. Il caressa d'un doigt ses lèvres entrouvertes.

— D'abord, promettez-moi quelque chose.

— Oui.

— Allez à la police porter plainte contre ce gosse. Ça ne prendra pas longtemps.

Leslie se raidit. Ainsi donc, tout ce qu'il voulait, c'était qu'elle lui obéisse ! Un sentiment d'humiliation l'envahit. Elle avait presque révélé son désir et lui, il ne pensait qu'à son travail ! Elle se dégagea, indignée.

— Ce n'était pas la peine d'avoir recours à la séduction.

— Comment ?

— C'est mon devoir d'y aller et j'irai. Vous avez ma parole.

— Votre parole ?

En entendant son ton dubitatif, Leslie explosa :

— Vous êtes l'homme le plus exaspérant que je connaisse ! Allez au diable !

Nick se mit à rire et elle se rendit compte qu'il se moquait d'elle. Il la prit par le bras et l'attira contre lui, sur le banc. Le regard brillant, il approcha ses lèvres de celles de la jeune femme. Ni lui ni elle n'entendirent des pas s'approcher.

— Leslie ? C'est vous ?

Elle se dégagea d'un geste vif.

— Harald !

— Que se passe-t-il ici ?

Dans la tête de Leslie, les pensées se bousculaient à toute vitesse. Il devait bien y avoir une explication plausible au fait qu'elle soit seule avec Nick. Mais laquelle ? Pour comble d'ironie, Nick, d'un air très protecteur, lui avait passé un bras autour des épaules et regardait Harald droit dans les yeux.

Ce n'est pas possible, se dit-elle, dans une minute, il vont s'empoigner. Mais la colère disparut du visage d'Harald pour laisser la place à une moue hautaine. Il avait décidé de ne pas affronter le reporter.

Elle prit sa voix la plus suave.

— Harald, vous reconnaissez sûrement Nick Justin. Nous parlions de papa. Nick, voici Harald Clinton, mon fiancé.

D'une voix glaciale, Harald répondit :

— Enchanté. Je vous croyais un peu trop jeune pour avoir connu Harrison Daniels.

— Je ne l'ai pas connu professionnellement, mais je l'admirais beaucoup.

— Vous admirez aussi sa fille.

— Ce n'est pas le cas de tout le monde ? Toutes mes félicitations.

— Merci. Venez, ma chérie, je crois que nous ferions mieux de retourner là-bas.

Il la prit ostensiblement par la taille.

— Bien sûr. Il ne faut pas négliger les électeurs, n'est-ce pas, Clinton ?

Harald rougit.

— La place de Leslie est au gala. Elle est vice-présidente de la fondation.

— Vraiment ? Elle ne m'en avait rien dit. C'est une femme qui a plusieurs cordes à son arc, à ce que je vois.

Le cœur de Leslie s'arrêta de battre. Oserait-il parler de son livre ? Elle intervint.

— Je vous en prie, vous me gênez...

— Et modeste ! Vraiment, Clinton, vous n'avez pas idée du trésor que vous détenez.

— Je sais tout de Leslie.

La voix d'Harald s'étranglait.

— Mais bien sûr. C'est pour quand, le grand jour ?

Leslie s'interposa.

— La date n'est pas fixée. Avec la campagne électorale...

— Les choses sérieuses d'abord.

Les deux hommes ne s'adressèrent plus la parole, mais l'atmosphère était plus que tendue, et Nick ne semblait pas vouloir abandonner la partie et se retirer. Il fallait faire quelque chose.

— Venez danser, Harald. Ravie de vous avoir vu, monsieur Justin.

Et elle entraîna son fiancé sur la piste.

Tandis qu'elle dansait, elle suivit Nick des yeux et le vit rejoindre Mildred Smith. Evidemment, c'est elle qui était responsable de sa présence ! Sans doute avait-elle tenu parole et ne lui avait-elle rien dit. Elle s'était contentée de faire venir Nick à la soirée, et de laisser faire les choses. Bien joué, mais elle allait en entendre parler !

— Eh ! Réveillez-vous ! Qu'avez-vous donc ce soir ?

Harald semblait d'une humeur massacrante.

— Je suis épuisée. Tous ces gens à voir, toutes ces mains à serrer...

— Vous feriez bien de vous y habituer. Cela va faire partie de votre rôle, désormais.

Elle eut soudain la vision de l'avenir qui l'attendait avec Harald. Un avenir essentiellement constitué de réunions mondaines, au cours desquelles elle chanterait ses louanges tout en passant les petits fours.

Sans même penser à ce qu'elle disait, elle s'écria :

— Non !

— Comment, non ?

Harald lui souriait d'un air indulgent. Comment avait-elle pu le trouver beau ? Il était insipide. Il n'émanait de lui ni force, ni intelligence exceptionnelle, ni compassion... Soudain, une voix aiguë la tira de ses pensées.

— Leslie ! Où est votre veste ? Mais vous êtes à moitié nue !

— N'exagérez pas, ma tante.

Pour Prudence Daniels, une robe devait avoir de longues manches, un col jusqu'au menton, et être de préférence dans des tons gris, comme la sienne. C'était une femme de taille moyenne, mais d'une minceur extrême, au physique anguleux, au regard bleu et froid derrière ses lunettes à monture d'acier. On aurait dit, pensait souvent Leslie, qu'elle avait été privée de toute féminité, et qu'elle n'était qu'un être complètement neutre et sec. L'angoisse de lui ressembler avait jeté Leslie dans les bras d'Harald.

— Mais couvrez-vous donc ! Vous avez l'air d'une fille ! Et remettez-vous du rouge à lèvres ! Un peu de tenue ! Montrez-vous donc digne de votre père, enfin !

Et voilà les reproches qui pleuvaient ! Toujours cette même référence à son père. Pendant ce temps, Harald se dandinait d'un pied sur l'autre sans songer une seule seconde à prendre sa défense, bien sûr ! Furieuse, Leslie tourna les talons.

— Dites donc, ma fille, vous pourriez me répondre !

Leslie s'arrêta net. Mais ce n'était pas à cause de Prudence. Nick Justin se dirigeait droit vers le groupe. Qu'allait-il faire ?

Prudence aussi l'avait vu !

— Grands dieux ! Nick Justin, ici ! Il ne fait pas d'enquête sur la fondation, n'est-ce pas ? Notre réputation a toujours été irréprochable.

— Ne vous inquiétez pas. Il est là à titre privé. Leslie vous le dira, elle le connaît, dit Harald d'une voix morne.

Prudence eut un petit rire méprisant.

— Allons donc !

— Je l'ai aperçu, une fois. C'est un grand admirateur de papa.

Voilà qui, pour Prudence, changeait tout. Que le journaliste admire son frère, c'était tout naturel. Mais qu'il ait pu remarquer sa nièce pour elle-même aurait été tout bonnement inconcevable !

Nick les rejoignit et Leslie fit les présentations. Pour un peu, elle aurait voulu faire savoir qu'elle le connaissait bien, ne serait-ce que pour voir la tête d'Harald et de Prudence. La conversation tourna sur des sujets généraux : les reportages de Nick, la situation économique, le gouvernement. Prudence n'hésita pas à laisser entendre qu'une émission télévisée sur la fondation serait la bienvenue. Quant à Harald, il s'étendit longuement sur ses chances d'être élu.

Leslie ne fit rien pour amener la conversation sur des sujets plus personnels, c'eût été trop risqué. Elle écouta, sans y prendre part, les bavardages de Prudence et d'Harald. Dans le regard de Nick dansait une petite lueur de moquerie qui n'échappa pas à Leslie. Non sans brusquerie, il se dégagea de la main que Prudence avait posée sur son bras.

— Vous dansez, mademoiselle Daniels ?

Leslie en resta bouche bée, mais sa tante se mit à rire.

— Sûrement pas. Leslie ne danse jamais, sauf avec son fiancé.

— Ah bon ! Il me semblait pourtant l'avoir déjà vue...

Le cœur de la jeune femme se glaça. La tactique était évidente. Ou bien elle refusait de danser, et Nick risquait de parler de la soirée des Edgar ou bien elle acceptait, et Prudence et Harald la bombarderaient de questions. Quelle que soit l'option qu'elle prendrait, elle était prise au piège. Alors, autant faire ce qu'elle avait envie ! Elle prit le bras de Nick.

— Je serais ravie de danser avec vous, monsieur Justin.

Sur la piste de danse, elle se détendit quelque peu. La couleur revint à ses joues, et ses yeux brillaient. Nick sourit.

— Vous avez l'air d'aller mieux. Il était grand temps que je vienne à votre secours.

— Comment ? Mais c'est moi qui en acceptant cette danse vous ai empêché de mourir d'ennui ! Merci de n'avoir rien dit, en tout cas.

— Il est encore temps.

— Oh ! Vous ne le feriez pas !

— Nous verrons. Que m'offrez-vous en échange de mon silence ?

Son bras se referma sur sa taille et il la serra contre lui. Alors, elle sentit la fièvre monter en elle comme si son seul contact l'enflammait. Ils se mirent à danser d'une façon qu'elle trouvait à la fois choquante et délicieuse.

Il murmura à son oreille :

— Très, très bien.

Cependant, leur attitude commençait à attirer l'attention. Au bord de la piste, Bonnie les regardait avec des yeux écarquillés et Harald avait l'air furieux.

— Votre fiancé ne semble pas très content.

La main de Nick glissa le long de sa hanche avant de revenir se poser sur sa taille.

— Ne faites pas l'étonné. Vous le provoquez !

— Peut-être est-ce vous que je provoque. Mais vous avez peut-être trop peur pour protester ?

— Je vous demande de cesser, Nick.

— Bien, madame. Vous faites une partenaire merveilleuse, vous savez, Fanny.

— Ne m'appelez pas Fanny !

— Cela m'a échappé.

— Votre main aussi vous a échappé !

— Je dois avouer que c'était intentionnel. Je n'ai pas pu résister à la tentation. Vous êtes si fine, si mince...

Elle se sentit rougir jusqu'aux oreilles.

— Taisez-vous, on pourrait vous entendre.

— On ne vous a jamais dit que vous vous occupez beaucoup trop du qu'en-dira-t-on ?

— Vous ne comprenez pas ! Vous êtes un homme...

— Tiens, vous avez remarqué ?

— Vous ne manquez pas de le faire savoir, non ?

— Vous savez que c'est le premier compliment que vous me faites ?

— Et le dernier !

— Ne soyez pas si péremptoire.

Il effleura du bout des doigts son épaule nue. Ce n'était même pas une caresse, mais Leslie se sentit vibrer de la tête aux pieds.

— Tiens ! Où est donc votre fiancé ? Il doit être fou de rage.

— Je... Je ne sais pas.

— Allons, Fanny. Il est furieux, mais il ne dira rien, parce que ça pourrait me fâcher. Et alors, ce serait très mauvais pour sa campagne. Vous voyez où vous met Harald Clinton ? Juste en dessous de la pile de bulletins de vote !...

— Je le sais et je m'en moque.

— Allons, ne soyez pas idiote ! Vous méritez mieux que cela !

Que répondre ? Ils finirent de danser en silence et, quand il la quitta, elle se sentit tout à fait seule et abandonnée !

Bientôt Harald la rejoignit et il fallut danser avec lui. Il exigeait son dû, en quelque sorte. Même dans ses bras, Leslie ne pouvait s'empêcher de penser à Nick, à sa conduite désarmante, à ses réactions inattendues. Harald se pencha vers son oreille.

— Vous êtes magnifique, ce soir. J'ai hâte de rentrer.

— On ne peut pas partir avant des heures. C'est la soirée de la fondation.

Elle leva les yeux et le regard d'Harald lui fit peur. Se retrouver dans ses bras ? Non, plus maintenant. Plus jamais. Il fallait voir la vérité en face. Elle ne pouvait pas l'épouser. Tant pis pour Prudence. Elle trouverait un moyen de rompre leurs fiançailles.

Harald l'embrassa dans le cou et murmura :

— A tout à l'heure, ma chérie. Ce sera merveilleux.

Pour Leslie, ces mots gâchèrent tout le reste de la soirée. Tandis qu'elle passait de groupe en groupe et souriait aux invités, elle ne pouvait s'empêcher de penser à la terrible dispute qui s'annonçait. Harald finirait-il par entendre raison ? Jusqu'à présent, il avait toujours eu le dernier mot.

Tout à coup, l'orchestre entama une mélodie qu'elle avait entendue au cours de la nuit des Edgar. De loin, Nick la fixait. C'était plus qu'elle n'en pouvait supporter. Elle quitta la réception et sortit dans le parc.

Dès qu'elle fut dehors, elle entendit qu'elle était suivie et se retourna. Nick était là. Sans un mot, il la prit dans ses bras et, doucement, l'entraîna sous les arbres.

— Depuis la nuit du Plaza...

— Ne parlez pas de cette nuit, s'il vous plaît ; ne dites rien, je vous en prie.

Il obéit. Elle ferma les yeux et s'appuya contre lui. Elle pouvait à peine respirer tandis qu'ils dansaient, serrés l'un contre l'autre. Elle aurait voulu que cela dure toujours, pour ne jamais devoir affronter ni Prudence ni Harald...

Quand la musique s'arrêta, il la prit par la main et la conduisit jusqu'à un banc à demi caché par des lilas en fleur. Sans résistance, elle se laissa entraîner. Mais quand il se tourna vers elle, il avait le visage fermé, hostile même.

Leslie sentit le cœur lui manquer. Peut-être ne ressentait-il pas du tout les mêmes choses qu'elle ? Elle avait si peu d'expérience ! S'il jouait avec elle, elle ne serait même pas capable de s'en apercevoir. Il ne fallait pas qu'elle fasse le premier geste. Mais s'il ne l'embrassait pas, elle allait se mettre à pleurer, elle en était sûre...

D'une voix sèche, il attaqua :

— Nous avons une affaire à régler.

— Une affaire ? Comment ça ?

— Avec la police. Vous m'avez donné votre parole, vous vous souvenez ?

— Bien sûr. Je tiendrai ma promesse. J'irai demain.

Il tira une carte de son portefeuille, y écrivit quelques mots et la tendit à Leslie.

— Cela vaudrait mieux pour vous. Voici le numéro de l'affaire et le nom de l'inspecteur. Vous avez aussi mon numéro, chez moi et à mon bureau. J'appellerai le commissariat pour les prévenir de votre visite. Si lundi matin, à dix heures, vous n'y êtes pas allée, je viendrai vous chercher à la fondation pour vous y emmener moi-même. Et je raconterai à tout le monde les circonstances de l'incident.

— Mais c'est du chantage !

— Peu importe. Surtout, n'oubliez pas : lundi matin, dix heures, dernier délai !

Comment ? Il partait déjà ? Elle se leva, affolée.

— Attendez...

— Qu'y a-t-il ?

Pourquoi se montrait-il brusquement si dur ?

— Vous... vous n'avez pas parlé de mon livre ?

— Pas encore. Je voulais vous laisser le temps de mettre vos affaires en ordre.

— Et votre reportage ? Vous allez l'abandonner ?

C'était un sujet dangereux, et elle le savait.

— Non.

— Même si je vais à la police ?

— En aucun cas.

— Vous allez ruiner ma vie! Ce serait monstrueux de parler de Fanny Duvall dans votre émission!

— Le prix du premier roman policier, c'est de l'information. Est-ce ma faute si Fanny Duvall est aussi Leslie Daniels? Je vous rappelle que rien de tout cela ne serait arrivé si vous n'étiez pas allée à la nuit des Edgar. Personne ne vous y a forcée. Vous y êtes allée parce que vous en aviez envie. Maintenant, il faut en payer les conséquences.

D'une toute petite voix, elle protesta :

— Mais je ne pouvais pas savoir...

— Vous tenez donc tant à Harald Clinton et à votre tante ?

Elle se raidit.

— Ils représentent tout ce que j'ai au monde, mais vous ne pouvez sans doute pas le comprendre.

— Le croyez-vous vraiment ?

Il la força à le regarder avant de se pencher vers elle. Et il l'embrassa avec une fougue et une violence qui n'avaient rien de commun avec leurs tendres baisers du début de la soirée. Frémissante, Leslie le laissa prendre possession de sa bouche.

— Nick...

Sa phrase s'arrêta dans un cri lorsqu'ils roulèrent sur le banc, corps contre corps. Nick l'embrassait avec passion. Et sans aucune retenue, sauvagement, elle lui rendait ses baisers, caressait son visage, se pressait contre lui avec ardeur. Elle ne s'était jamais comportée ainsi, avec aucun homme, et elle n'en éprouvait aucune honte. Dans une sorte d'ivresse, elle se disait : qu'il pense de moi ce qu'il voudra! Quelle importance, s'il voit à quel point j'ai envie de lui? Moi, je sais combien il me désire...

Nick se redressa et la regarda attentivement, comme s'il cherchait à lire ses pensées les plus secrètes. Leslie savait que son émotion se lisait sur son visage et ne chercha pas à la dissimuler. Elle trembla de tout son corps lorsque Nick lui caressa les cheveux, la joue, la gorge, lorsque ses mains frôlèrent son épaule nue et descendirent vers sa poitrine.

Ils restèrent un instant immobiles, puis Leslie le prit par les épaules et l'attira sur elle. Jamais elle n'aurait pu imaginer qu'elle ferait un jour ce geste. Elle aimait sentir son poids sur son corps ; entendre sa respiration haletante. C'était pour elle comme une victoire de se rendre compte que Nick Justin perdait le contrôle de lui-même.

Soudain, il se redressa, et regarda Leslie comme s'il voulait graver son image dans sa mémoire. Tout dans son attitude indiquait son désir, son consentement : ses bras ouverts, ses lèvres gonflées, ses yeux brillants.

Mais, au lieu d'une caresse, il lui donna un ordre :

— Lundi matin. N'oubliez pas.

Puis il disparut dans la nuit. Leslie se mit à trembler de tous ses membres, son cœur lui faisait mal. Nick avait eu envie d'elle, elle ne pouvait pas s'être trompée. Mais alors, que s'était-il passé ? Manquait-il à ce point de confiance en elle ? Croyait-il qu'elle se servait de lui, qu'elle ne reculerait devant rien pour l'empêcher de diffuser son reportage ? A son tour, elle se redressa et prit à côté d'elle la carte qu'il lui avait donnée. Elle la tourna et la retourna entre ses doigts, sans parvenir à la trouver réelle. La seule réalité dont elle voulait se souvenir était celle des baisers de Nick, de ses caresses.

Elle se leva pour rejoindre la Tavern on the Green et ses invités.

De l'autre côté du chemin, quelqu'un la regardait. Un homme. Harald.

6

Leslie fut clouée sur place. Depuis combien de temps était-il là ? L'avait-il vue dans les bras de Nick ? Elle prit son courage à deux mains et marcha vers lui en se forçant à sourire. Sois naturelle, se dit-elle. Fais comme s'il n'avait rien vu.

— Harald, je ne m'étais pas rendu compte qu'il était si tard !

Mais il lui prit le poignet d'un geste brusque et la tira vers l'entrée du restaurant.

— Ne me racontez pas d'histoires ! Prenez vos affaires. Nous rentrons immédiatement.

La jeune femme sentit le cœur lui manquer. Harald en avait sans doute vu suffisamment pour se mettre en colère. Maintenant, tout ce qu'elle pouvait faire, c'était essayer de limiter les dégâts.

Sur le chemin du retour, le silence d'Harald se fit de plus en plus menaçant. Il marchait à grandes enjambées, et Leslie avait du mal à le suivre. Quand elle lui demanda de ralentir, il allongea encore le pas. Il est furieux, pensa-t-elle. Pourvu que Bonnie soit à la maison ! Devant elle, il n'osera rien faire.

Elle glissa la clef dans la serrure d'une main tremblante. Harald, impatiemment, poussa la porte d'un geste brusque. Le salon était plongé dans l'obscurité.

— Bonnie ?

Pas de réponse. Leslie alluma. Son amie n'était ni dans une des chambres ni dans la salle de bains.

— Nous sommes seuls. Ce n'est pas trop tôt. J'attends vos explications.

La voix d'Harald était glaciale.

Il mit la chaîne de sûreté à la porte, jeta sa veste sur une chaise et marcha droit sur Leslie. Elle essaya de prendre un ton railleur.

— Harald ! Inutile de prendre cet air si menaçant ! Asseyez-vous. Nous allons parler...

— Parler ! Ce n'est pas ça qui vous intéressait tout à l'heure, dans le parc !

— Mais je... Ce n'est pas ce que vous croyez...

— Vous allez sans doute me dire que j'ai eu des visions ! Que vous n'étiez pas avec Nick Justin. Que vous ne vous conduisiez pas comme une folle !

Leslie aurait voulu dire que ce n'était rien, mais les mots ne pouvaient sortir de sa bouche. Brusquement, elle se rendit compte que les quelques instants passés avec Nick comptaient plus pour elle que tout ce qu'elle avait pu vivre avec Harald.

Furieux, il la prit par les épaules pour qu'elle le regarde.

— Alors ? Dites quelque chose !

Il essaya de se calmer pour dire :

— Chérie, j'ai droit à une explication.

Chérie. Juste le mot qu'il ne fallait pas dire ! En Leslie, la peur fit place à la colère.

— D'accord, mon chéri. Vous avez droit à une explication. Il vaudrait mieux que vous vous asseyiez.

— Je préfère rester debout.

Les genoux de Leslie tremblaient. Elle respira profondément.

— Comme vous voudrez. Voilà. Je vous rends votre liberté. Je romps nos fiançailles.

Il pâlit.

— Comment ? Que dites-vous ?

— Vous avez très bien compris. Je romps nos fiançailles.

Son visage reflétait à la fois l'incrédulité et la colère.

— Vous ne parlez pas sérieusement. Vous êtes folle !

— Peut-être. Mais je suis sûre que nous ne sommes pas faits l'un pour l'autre. Je suis désolée. Je n'aurais jamais dû vous dire oui.

Tout en parlant, elle avait ôté sa bague de diamant pour la glisser dans la main d'Harald.

— Je n'arrive pas à y croire. Vous ne voulez pas m'épouser ?

— Non, je ne veux pas.

— Mais pourquoi ?

Leslie essaya de lui expliquer qu'ils ne s'accordaient pas, qu'elle n'avait pas vu assez clair en elle. Mais il la coupa en plein milieu d'une phrase et jeta avec colère la bague sur le sol.

— Ah non ! Pas de psychologie ! Dites-moi au moins la vérité. Il y a un autre homme, n'est-ce pas ?

Elle pâlit et il reprit de plus belle.

— Je vois ! Vous avez une liaison !

— C'est faux !

— Vous avez toujours eu quelqu'un d'autre, hein ? Il ne voulait pas se marier. Alors, vous avez penser vous servir de moi...

— Harald ! Annuler notre mariage est une simple question de bon sens ! Nous ne sommes pas faits l'un pour l'autre. Il n'est pas nécessaire qu'il y ait un autre homme pour s'en rendre compte.

Mais, tout en disant cela, elle ne put s'empêcher de penser à Nick. Son visage dut la trahir, car Harald frappa du poing contre le mur, si violemment qu'elle en sursauta.

— Justin! Mais quel idiot je fais! Après vous avoir vus ensemble... Depuis quand avez-vous une liaison?

— Nous n'avons pas de liaison.

— Vous mentez!

Il regarda Leslie si durement qu'elle fit un pas en arrière et leva les bras en un geste de défense. Au bout de quelques secondes, il se détendit et baissa les mains. Mais elle lut dans ses yeux qu'il avait eu des pensées criminelles à son égard.

— Vous êtes complètement folle!

— Probablement.

Il se laissa tomber sur le canapé. Visiblement, il essayait de rétablir la situation, et Leslie ne put s'empêcher d'avoir pitié de lui. Ils regardèrent le diamant qui avait roulé sur la moquette.

— Nick Justin ne pourra jamais vous offrir la même chose que moi. Vous ne serez jamais pour lui autre chose qu'une passade.

— Je vois que vous avez une haute opinion de moi.

— Mais regardez les choses en face! Comment pouvez-vous sacrifier votre avenir pour une amourette sans lendemain?

— Nick Justin n'a rien à voir dans tout ça. Vous et moi, nous ne serions pas heureux ensemble, comprenez-le!

— Ce que je comprends, c'est que vous êtes drôlement entêtée. Mais je ne vous en tiendrai pas rigueur.

— Comme c'est grand et magnanime!

— Ecoutez, Leslie. Vous ne pouvez pas refuser le mariage. Les faire-part sont imprimés, le restaurant est réservé, et même mon programme de campagne électorale a été modifié...

— Fichez-moi la paix avec votre campagne! En fait, pour vous, il n'y a que cela qui compte!

— Et alors? C'est ma carrière, non?

— Eh bien! sans moi, vous aurez encore plus de temps pour vous y consacrer.

— D'ici là, vous aurez changé d'avis. Dans trois jours, c'est vous qui viendrez pleurer à ma porte.

— N'y comptez pas!

Leslie tremblait de colère, et il eut un rire sarcastique.

— Pour l'instant, je ne change rien à ce qui a été décidé. Il faudra juste que je parle à Prudence de... disons de votre changement d'avis momentané. Ça ne va pas lui plaire.

— Tant pis! Elle devra s'y faire.

— Mais que vous arrive-t-il? Prudence, la fondation, c'est toute votre vie...

— C'était toute ma vie. En fait, je pense à quitter la fondation.

Les mots étaient sortis tout seuls, sans même qu'elle y ait réfléchi.

Harald la regarda avec stupeur.

— Quoi? Quitter la fondation? Pour faire quoi? Du crochet?

— Pour écrire.

Il éclata de rire, et Leslie eut l'impression qu'il la giflait.

— Ecrire? Pour gagner votre vie? Mais vous n'y arriverez jamais, ma pauvre! Vous ne tiendrez pas six mois!

— Croyez ce que vous voudrez, je m'en moque. Sachez seulement que je ne suis pas une débutante. J'ai déjà publié un roman.

Il rit de plus belle.

— Ah oui? On en a drôlement entendu parler, dites donc! Ma pauvre Leslie, arrêtez de bluffer, cela ne vous va pas du tout!

— Bluffer, moi! Harald, vous feriez mieux de vous en aller.

— D'accord, je m'en vais. Quand vous serez prête à vous excuser, faites-moi signe. Pour cette fois, je

vous pardonnerai. Mais n'attendez pas trop longtemps...

Elle referma la porte derrière lui et s'appuya un
instant au chambranle. Le plus dur était fait.

Face à la tonnelle, dans Central Park, des dizaines
de barques flottaient sans bruit sur l'étang, comme
autant de fleurs rouges, vertes ou grises. Leslie
essayait d'écrire, mais elle avait du mal à se concen-
trer. La scène qu'elle venait d'entamer était particulièrement délicate. Son héroïne, à la suite de multi-
ples péripéties, affrontait un homme qu'elle croyait
être son adversaire et qui, en fait, était de son côté.
Sans même qu'elle en ait eu conscience, cet homme
ressemblait étrangement à Nick Justin...

Il y avait une semaine, ce samedi matin, qu'elle
avait rompu avec Harald. Comme elle s'y était
engagée, elle était allée porter plainte au commissariat et cela s'était bien passé. Leslie pensait bien que
si le sergent Mc Call s'était montré si aimable avec
elle, c'était sans doute dû à une intervention de
Nick. De toute évidence, il avait préparé le terrain.
Et qu'aurait-il fait si elle n'avait pas tenu sa promesse ? Il serait allé tout raconter à Prudence, sans
aucun doute.

Prudence... Elle lui avait fait une scène terrible,
au téléphone. Depuis, Leslie avait réussi à l'éviter.
Mais elle ne savait toujours pas comment lui annoncer son intention de quitter la fondation ni comment lui parler de *La Femme aux poisons.*

Une chose au moins paraissait sûre à Leslie : elle
ne reverrait pas Nick. Quoi que Bonnie ait pu en
penser, quand elle le lui avait affirmé, il n'y avait
pas à revenir sur la question. Puisque Nick ne voyait
en elle qu'un sujet de reportage, elle ne pouvait pas
avoir de réelle relation avec lui !

Une barque vint accoster le long du débarcadère,
presque à ses pieds. A bord, un jeune homme aux
cheveux châtains lui fit un grand sourire.

— Que diriez-vous d'une promenade en canot ?

— Non. Je vous remercie.

Il sourit, et l'embarcation s'éloigna. Leslie ne pouvait s'empêcher de rêver à une semblable invitation, mais le rameur aurait été un homme aux cheveux noirs toujours en bataille, aux yeux noisette pailletés de vert...

Elle secoua la tête comme pour chasser ses pensées et appela Figaro, son chien. Elle lui caressa la tête, rangea son bloc et ses crayons dans son sac et se leva pour rentrer.

Elle marchait sans se presser et passa devant le terrain de base-ball. Les adultes et les enfants jouaient côte à côte. L'air vibrait du claquement des balles sur les battes et des cris des joueurs. La jeune femme s'arrêta pour regarder la fin d'un match. Quant à Figaro, il avait repéré un groupe d'enfants jouant au frisbee et bondi vers eux.

Oh ! Si seulement je pouvais retrouver leur innocence ! pensa-t-elle. Pour elle, l'enfance n'avait pas été une période très heureuse. Après la mort de son père, sa tante et tutrice n'avait eu de cesse de faire d'elle « quelqu'un de responsable », selon son expression, et l'avait mise bien trop tôt en face des dures réalités de la vie. Si, un jour, j'ai des enfants, se dit-elle, je veux qu'ils puissent rire et jouer à leur guise, aussi longtemps qu'ils le pourront...

A ce moment, une petite fille s'approcha doucement de Figaro. Elle était seule, comme Leslie l'avait été à son âge. Mue par une sympathie immédiate, la jeune femme marcha à sa rencontre.

— Bonjour.

La petite fille leva vers elle de grands yeux verts, étonnamment sérieux pour son âge. Son expression était amicale, mais hésitante, comme si elle craignait que Leslie n'emmène le chien.

— Bonjour. C'est votre chien ?

— Oui. Il s'appelle Figaro.

— Il est super !

98

— Merci. Je l'aime beaucoup. Et toi, tu as un chien ?

Tout en bavardant, Leslie regardait l'enfant avec curiosité. Elle était grande, mince et bien bâtie. Dans son blue-jean et son tee-shirt à rayures blanches et rouges, et avec ses cheveux châtains coupés très court, elle avait une allure un peu garçon manqué. Sa façon de s'exprimer, directe, pleine à la fois d'enthousiasme et de candeur, amusait la jeune femme.

Elle-même avait été une petite fille rêveuse, timide et réservée. Exactement le contraire de cette enfant. Et pourtant, elles avaient des points communs. Une ombre soudaine dans le regard, un discours trop adulte et trop sérieux pour son âge, comme si elle portait déjà des fardeaux faits pour les grands, et non pour d'aussi frêles épaules. Leslie se sentait étrangement émue.

— Mais je ne veux pas t'empêcher d'aller jouer avec tes camarades, finit-elle par dire à contrecœur.

— Oh non ! Je ne connais personne, ici. Sauf mon père. Il joue au base-ball. Je vais voir le match. Vous voulez venir ? C'est une bonne équipe.

Leslie lut un appel muet dans les yeux de l'enfant.

— Mais bien sûr. Ce sera très amusant !

Elle n'avait jamais montré tant d'enthousiasme pour ce sport !

— Formidable ! Allons-y !

Le visage de l'enfant s'illumina d'un beau sourire. Ce sourire ne lui était pas inconnu. Et, à bien regarder, ces yeux verts lui rappelaient quelqu'un. Nick Justin, plus précisément.

Vraiment, il y a de quoi rire ! se dit-elle, je suis complètement intoxiquée. Elle secoua la tête et emboîta le pas à la fillette. Toutes deux s'installèrent dans les tribunes.

Alors, elle le vit. Non, ce n'était pas une hallucination ! Nick Justin ! Il était bel et bien sur le terrain, en chair et en os, avec un tee-shirt rouge aux couleurs de sa chaîne de télévision.

Leslie eut une sensation de vertige. Sa première impulsion fut de prendre ses jambes à son cou, de fuir à toute vitesse. Mais elle resta. Après tout, elle avait le droit de regarder ce match. C'était un endroit public. Et puis, regarder Nick jouer avait quelque chose de fascinant...

Brusquement, la jeune femme se rendit compte que sa petite compagne avait parlé sans arrêt et qu'elle connaissait par leur nom tous les membres de l'équipe en tee-shirt rouge.

— Au fait, je m'appelle Becky !

— Enchantée, Becky. Moi, je m'appelle Leslie.

Elle se souvint des paroles de Mildred : « Heureusement que la petite Becky n'était pas à bord ». Becky. Mais bien sûr. C'était la fille de Nick ! Voilà de qui elle tenait ses yeux verts brillants de curiosité !

— Leslie ? Drôle de nom. Et les gens vous appellent comment ?

— Eh bien... Leslie.

Personne ne lui avait jamais donné de diminutif affectueux, personne ne l'avait jamais appelée autrement. Sauf un homme, pour qui elle était Fanny.

En dépit de son ignorance, le match plut à Leslie. Becky était une mine d'informations ; elle connaissait toutes les règles sur le bout des doigts. Nick semblait être un excellent joueur. Quand la partie se termina, la jeune femme essaya de filer à l'anglaise, pour ne pas le voir, ne pas lui parler, ne pas devoir affronter les souvenirs de leur dernière rencontre.

Mais Figaro ne l'entendait pas ainsi ; il n'avait pas du tout envie de quitter sa nouvelle amie et Leslie dut faire preuve de toute son autorité pour lui attacher sa laisse. Quand elle releva les yeux, Nick, torse nu, était en train de se changer. Elle ne put s'empêcher de le regarder avant de partir.

Fatalement, leurs regards se rencontrèrent. Il la fixa d'un air complètement incrédule. On eût dit qu'il ne savait pas s'il devait se réjouir ou regretter de la voir près de lui. D'un pas lent, les joues en feu, la jeune femme alla à sa rencontre.

— Bonjour, Fanny.

— Mais non, papa ! Elle s'appelle Leslie !

— Bonjour, Nick. C'était un beau match.

Ils échangèrent quelques banalités sur cette rencontre sportive. Très mal à l'aise, Leslie tortillait entre ses doigts la laisse de Figaro. Quant à Nick, il n'avait pas l'air de se sentir bien dans sa peau.

— Merci d'avoir accompagné Becky. C'est très gentil.

— Oh ! Mais c'était un plaisir.

— Papa, c'est moi qui me suis occupée d'elle ! Le base-ball, elle n'y connaît rien !

Il regarda la jeune femme avec tant de sympathie qu'elle en eut chaud au cœur.

— Vraiment ? Alors vous avez dû vous ennuyer terriblement ! Je suis désolé...

— Pas du tout. Je me suis bien amusée.

— Laissez-moi au moins vous inviter à déjeuner. On pourrait s'acheter des sandwiches, des sodas, et pique-niquer sur l'herbe. Je meurs de faim. Qu'en dites-vous ?

Manifestement ravie, Becky sautait de joie.

— Oh oui ! Oh oui ! Moi, j'ai assez faim pour avaler un bœuf !

Embarrassée, Leslie hésita. Nick et sa fille ne devaient pas avoir beaucoup de temps à passer ensemble. Elle ne se sentait pas le droit de les déranger.

— Oh ! Il faut que je m'en aille, dit-elle.

Déjà, Becky ouvrait la bouche pour protester vigoureusement, mais Nick l'arrêta d'un geste.

— Allons, Becky, mademoiselle Daniels a peut-être autre chose à faire. Il ne faut pas la forcer.

— Je ne veux pas vous déranger.

Comment résister au regard implorant de Becky ? Leslie se souvint que la petite fille venait de perdre sa mère et envoya au diable ses projets de l'après-midi.

— D'accord. Je reste.

Le regard chaleureux de Nick lui fit du bien. Quant à Becky, elle était aux anges.

— Formidable ! Je peux promener Figaro ?

Leslie lui tendit la laisse, et la gamine partit en galopant le long du chemin. Nick s'assit dans l'herbe, près de la jeune femme.

— Merci, Fanny. Vous savez, Becky n'a pas eu beaucoup de compagnie féminine, ces derniers temps. C'est important, pour elle.

— J'ai été ravie de la rencontrer, Nick. Ça c'est fait complètement par hasard.

— J'espère qu'elle ne vous a pas ennuyée. Quand elle a une idée derrière la tête, elle peut être drôlement casse-pieds !

— Ah oui ? Je me demande de qui elle tient ça !

Il éclata de rire.

— Un point pour vous ! Il n'y a pas longtemps qu'elle habite la ville, et elle n'a pas encore beaucoup d'amis.

— Je comprends. Je sais ce que c'est qu'être seule, pour une petite fille.

— Je m'en doute. Vous étiez très jeune quand votre père est mort, n'est-ce pas ?

— J'avais cinq ans.

Nick la regarda intensément, comme s'il ne savait comment formuler sa question suivante.

— Je... J'espère que vous ne l'avez pas vu ?

— Non. La bombe a explosé dans une voiture piégée. Mais j'ai vu ce qui restait de la voiture... après. Et croyez-moi, c'était largement suffisant.

Elle se détourna, mais Nick eut le temps de voir les larmes lui monter aux yeux. Plusieurs secondes s'écoulèrent avant qu'il rompe le silence.

— Vous savez, je me souviens de ce que je vous ai

dit au banquet des Edgar. A propos de la violence dans votre livre. Parce que je ne comprenais pas pourquoi une jeune femme aussi charmante pouvait avoir l'obsession du meurtre. Je crois que j'aurais mieux fait de me taire.

— Ce n'est pas grave, Nick. Vous ne pouviez pas savoir.

— J'ai eu tort, et je vous présente mes excuses. Je devrais apprendre à ne plus faire ce genre de jugements à l'emporte-pièce.

— Les vieilles manies ont la vie dure !

— Oui, sans doute. Mais il y a des choses que je comprends mieux, maintenant. Votre livre, vous, vos contradictions...

Pour Leslie, le terrain devenait glissant. Elle essaya de détourner la conversation.

— Moi aussi, Nick, je vous comprends beaucoup mieux maintenant que je connais Becky.

— C'est gentil d'avoir passé tant de temps avec elle. Sa vie n'a pas été très drôle, ces derniers mois. Sa mère...

Il s'arrêta, comme s'il ne pouvait continuer.

— Je sais que vous êtes divorcés. Je suppose que vous n'avez pas beaucoup vu Becky pendant un certain temps...

— C'était presque impossible. Cynthia avait son atelier dans les Catskills. Le week-end, j'y allais aussi souvent que je le pouvais. Je ne tenais pas à voir Cynthia. Vous savez, on se disputait à chaque fois qu'on se rencontrait. Je ne voyais pas l'intérêt de faire subir ça à Becky. Alors, je passais prendre Becky et je m'en allais.

— Oui. Je comprends.

— Alors, je ne me suis pas rendu compte à quel point Cynthia buvait. Quand je l'ai su, c'était trop tard. Je ne peux pas m'empêcher de penser que j'aurais sûrement pu faire quelque chose pour elle.

Très émue, Leslie posa la main sur son bras.

— Mais ce n'était pas votre faute. Si elle ne

voulait pas s'en sortir, personne ne pouvait rien pour elle.

— Peut-être, mais j'aurais pu tirer Becky de là.

— Et la loi? C'est Cynthia qui avait la garde.

— La loi? Je m'en fiche. C'est seulement maintenant que je commence à comprendre ce qui se passait, là-haut. Becky ne s'est jamais plainte. Pas une seule fois.

— Elle aimait sans doute beaucoup sa mère.

— Oh oui! Bien plus que sa mère ne l'a jamais aimée, elle.

Il se détourna, gêné de ce qu'il avait à dire.

— Cynthia ne voulait pas d'enfants. Elle n'en a jamais voulu.

— Mais Becky, sûrement...

Leslie rougit et se tut. Comment la conversation avait-elle pris un tour si personnel?

— Becky était un accident. J'ai beaucoup insisté pour qu'elle ait cet enfant. Je pensais qu'à la naissance, elle passerait à de meilleurs sentiments, qu'elle aimerait notre bébé. Plusieurs amis ont bien essayé de m'expliquer que la vie n'était pas aussi simple, mais j'étais trop têtu pour les écouter.

— Mais elle aimait Becky, j'en suis sûre!

— A sa façon, sans aucun doute. Pourtant, elle ne supportait pas les obligations que comporte le fait d'élever un enfant.

— Mais alors, pourquoi ne pas vous avoir laissé la garde? Puisque c'est vous qui aviez voulu cet enfant!

— Parce que Cynthia, qui savait à quel point j'étais attaché à Becky, voulait me punir. Malheureusement, c'est la petite qui en a le plus souffert. Je me demande si je pourrai un jour réparer tout ce mal.

— Je crois que vous y êtes déjà arrivé. Becky vous adore, et elle sait bien à quel point vous l'aimez. C'est tout ce qui compte, croyez-moi.

— Vous m'êtes d'un grand réconfort, Fanny.

Il lui prit la main et ils continuèrent à marcher en silence. Becky et Figaro étaient devant et avaient l'air de bien s'amuser. De temps à autre, ils quittaient le chemin pour courir autour des arbres.

— Parfois, j'aimerais bien que Becky soit un peu plus féminine.

— Comment ? Vous voudriez qu'elle ressemble à une petite fille modèle, avec des anglaises et des robes empesées ? C'est que vous ne savez pas combien c'est pénible pour une enfant ! Laissez-la donc courir et grimper aux arbres tant qu'elle voudra. A son âge, moi, j'aurais bien aimé pouvoir en faire autant. Peut-être n'aurais-je pas peur de mon ombre, maintenant !

— Vous n'avez jamais grimpé aux arbres ?

— Jamais.

— Et pourquoi ?

— Je suppose qu'au départ, c'est parce qu'on me l'a interdit et, ensuite, j'ai eu le vertige.

Nick désigna un énorme châtaignier dont les branches basses étaient à un peu moins de deux mètres au-dessus du sol.

— Regardez, il n'est pas haut, celui-ci.

— Je grimperai aux arbres quand on y mettra des ascenseurs.

— On apprend à tout âge...

Le sourire narquois de Nick en disait long sur ses intentions. La jeune femme comprit tout de suite et essaya de s'enfuir. Trop tard : il l'attrapa par la taille et la tira en arrière.

— Mais, Nick, je ne peux pas ! Je vous l'ai dit, ça me fait peur. Et puis, mes chaussures...

— Enlevez-les !

Déjà, il s'était penché pour ôter les boucles de ses sandales. Elle sentit que la situation lui échappait complètement.

— Arrêtez. Vous êtes fou !

— Allons, vous venez de dire que vous en avez toujours eu envie. Une si belle occasion ne se représentera pas de sitôt. Je serai juste derrière vous, vous n'avez rien à craindre.

Autour d'eux, un petit groupe de curieux s'était formé. Elle n'avait plus le choix. Le cœur battant, elle se retrouva en train de grimper le long du tronc noueux du châtaignier. Elle prenait bien garde à suivre exactement les indications de Nick et à placer les mains et les pieds où il le disait. Pourtant, la sueur ruisselait dans son dos et elle était à moitié morte de peur. Elle essayait de ne pas penser au vide au-dessous d'elle et se disait qu'elle ne devait pas flancher devant Nick et Becky.

En bas, la fillette lui criait des encouragements, Figaro aboyait. La jeune femme se souvint, mais un peu tard, qu'un New-Yorkais digne de ce nom s'arrêterait n'importe où, pourvu qu'il y ait quelque chose à regarder.

Dans un sursaut de volonté, elle parvint non sans mal à s'asseoir sur une branche. Elle ne se sentait pas en sécurité pour autant. Quelle horrible sensation de vertige ! Nick vint s'asseoir auprès d'elle et se mit à rire.

— Monstre ! Dans quelle galère m'avez-vous embarquée ? Je tremble comme une feuille.

— Ce n'est pas si mal ! Je savais bien que vous y arriveriez. Il suffisait d'essayer. Regardez. Ce n'est pas beau, vu d'ici ?

A travers le feuillage, ils avaient une vue imprenable sur la 55e Rue. La jeune femme sourit, regarda Nick et le trouva diablement séduisant dans ce tee-shirt qui moulait son torse musclé.

— Cela va déjà mieux. Vous reprenez vos couleurs.

— Papa ! J'ai faim ! Vous n'allez pas rester là-haut toute la journée ?

Il rit et, en souplesse, se laissa glisser jusqu'à terre.

— Allez. A vous !

Une peur panique s'empara de la jeune femme.

Elle ne pouvait plus bouger. Elle essaya de suivre ses instructions, mais ses mains glissèrent sur l'écorce, et elle n'eut que le temps d'agripper une branche pour ne pas tomber. Elle tenta un rétablissement, mais ses pieds glissèrent à leur tour. Elle était suspendue dans le vide.

— Fanny ! Ecoutez-moi ! Sautez !

Elle risqua un œil vers le bas. Nick était juste au-dessous d'elle, les bras tendus pour l'attraper au vol. Mais il n'y arriverait pas ! Elle allait s'écraser par terre, ou le faire tomber ! De toute façon, elle n'avait plus le choix. Ses mains moites ne pouvaient la retenir plus longtemps.

Elle ferma les yeux et se laissa tomber.

7

Un quart de seconde plus tard, les bras de Nick se refermaient sur elle. Il ne vacilla même pas sous le choc. Elle se cramponna à lui, heureuse de sentir la chaleur de son corps. Toute peur avait disparu. Elle le regarda d'un air rêveur tandis qu'une lueur amusée dansait dans les yeux de Nick.

La jeune femme mit un petit moment à se rendre compte que les gens riaient autour d'eux et applaudissaient son exploit. Alors, seulement, elle se dégagea.

— Vous allez bien, Fanny ?

— Ça va, Nick. Et ça ira encore mieux quand j'aurai trouvé mes chaussures !

Il se pencha pour ramasser les sandales et les lui tendit. Leslie s'assit dans l'herbe pour se chausser. Mieux vaut essayer d'éviter les contacts physiques avec lui, se dit-elle, et ne pas lui laisser voir combien sa présence me fait de l'effet !

Pendant le repas, elle s'occupa surtout de Becky. Nick en eut l'air ravi. Cet homme était vraiment déconcertant. Pour la première fois, Leslie découvrait le côté tendre et doux de ce monstre sacré de la télévision. Comment ? Cet homme si attentionné envers sa petite fille, si gentil avec elle, c'était bien lui ? Pour Leslie, il s'agissait d'une révélation. Et, s'il était capable d'une telle affection paternelle, c'est qu'il pouvait aussi offrir beaucoup sur d'autres plans...

— A quoi pensez-vous ? murmura-t-il doucement.

Elle tressaillit.

— Eh bien ! Je trouve que vous êtes un très bon père. J'ai l'impression que vous vous comprenez à demi-mot, tous les deux !

Il rougit d'un air un peu gêné. Pour une fois, se dit la jeune femme, c'est moi qui l'embarrasse !

— Vous aimez les enfants, n'est-ce pas, Fanny ?

— Beaucoup. Et pourtant, je n'ai pas tellement l'habitude d'en voir. Peut-être est-ce parce que j'ai beaucoup souffert de la solitude quand j'étais petite, mais maintenant, j'adore leur compagnie.

— Vous aimeriez donc en avoir ?

— Oui ! Mais je ne peux pas les faire seule !

Aussitôt, elle rougit jusqu'aux oreilles en voyant l'air moqueur de Nick.

Il ne releva pas et changea de sujet.

— Vous avez envie de faire un tour en barque ? Depuis tout à l'heure vous n'arrêtez pas de les regarder.

Dix minutes plus tard, tout le monde, y compris Figaro, était installé. Leslie insista pour prendre une rame et s'assit à côté de Nick. Devant, Becky laissait traîner une main dans l'eau et, de l'autre, retenait le chien, un peu inquiet de se trouver dans cette situation instable. La barque tourna sur elle-même mais, bientôt, Leslie et Nick réussirent à accorder leurs mouvements et l'embarcation progressa doucement au fil de l'eau.

Apparemment, Nick connaissait toutes les ressources de Central Park. Leslie évoqua ses matinées passées à écrire son livre, dans le plus grand secret.

Pour elle, ces moments avaient été les seules périodes de liberté qu'elle ait connues. Puis ils se mirent à parler de son roman et elle évoqua son prochain sujet. Cette conversation était tellement stimulante qu'elle sortit son bloc de son sac pour griffonner quelques mots.

Nick se mit à rire, mais il n'y avait dans sa réaction aucune trace de condescendance. Il appuya sur les rames et laissa la barque dériver jusque sous les saules, le long du rivage.

— Prenez donc tout votre temps, Fanny.

Leslie ne put s'empêcher de se demander comment Harald aurait réagi si, brusquement, elle ne s'était plus occupée de lui pour jeter des notes sur le papier.

Lorsqu'elle eut terminé, Becky insista pour aller voir cette fameuse tonnelle. Nick les y conduisit à grands coups de rames. Lorsqu'ils arrivèrent, la petite fille descendit à terre et alla s'asseoir sur le banc préféré de Leslie.

— Alors, c'est là que vous avez écrit un livre ?

— Mais oui. Et c'est là que vous pourrez me trouver tous les matins. De tout Central Park, c'est mon endroit préféré.

— Moi, c'est le manège ! Et toi, papa ?

— Eh bien ! Je crois que c'est aussi la tonnelle.

Son regard rencontra celui de Leslie et la jeune femme s'empourpra, comme si Nick venait de lui faire un aveu bouleversant.

Lorsqu'ils quittèrent Central Park, l'après-midi touchait à sa fin.

— Quelle chaleur !

— Oui, c'est ce que prévoyait la météo. Je crois que nous sommes partis pour une vague de canicule.

— Je me demande où Becky trouve toute son énergie !

Devant eux, la petite fille gambadait gaiement avec Figaro.

— Les enfants sont insensibles à la chaleur, au froid, à la pluie et à tous les petits ennuis de la vie. Vous verrez.

Il lui passa un bras autour des épaules, comme si c'était la chose la plus naturelle au monde. Comme s'ils avaient toujours été non pas des adversaires, mais des amis.

— Vous avez un air bien pensif, Fanny.

— Je me disais que c'était tellement facile de parler avec vous !

— Oui ? Cela fait partie de mon métier, vous savez.

Brusquement, Leslie revint à la réalité. Elle avait presque oublié que, pour lui, elle n'était qu'un bon sujet de reportage. Soudain, elle se rendit compte qu'ils avaient largement dépassé la 70e Rue. Son appartement était loin. Elle avait suivi Nick sans même se demander où ils allaient. Ils s'arrêtèrent devant un immeuble imposant, à la façade de marbre, et Nick sortit ses clefs de sa poche. La jeune femme eut un petit rire nerveux.

— Mon Dieu ! Mais je suis très loin de chez moi ! Je reprends Figaro et je rentre à la maison...

Mais c'était compter sans Becky.

— Oh ! Il ne peut pas rester un peu ? Et puis je voudrais bien le montrer à Anne-Marie. Vous voulez bien ?

Nick vint au secours de sa fille :

— Entrez au moins prendre un verre !

Leslie regarda Becky et fit oui de la tête.

En souriant, Nick s'effaça pour la laisser entrer dans le hall de marbre blanc. Leslie était impressionnée par le luxe de cet immeuble. L'appartement en duplex occupait les deux derniers étages. En entrant dans le salon aux larges baies vitrées, la jeune femme dit spontanément.

— C'est magnifique !

— Asseyez-vous, je vous en prie, Fanny.

Il s'efforça de n'en rien laisser paraître, mais Leslie vit bien que son admiration lui faisait plaisir. La décoration de l'appartement était parfaite, jusque dans les moindres détails, du tapis persan vert et rouge au canapé vert jade. Mais ce qui attirait le plus l'œil, c'était un tableau accroché au mur, tout en harmonie de bleu et de vert, avec des touches de rose. Une œuvre de Monet ! Leslie, fascinée, se planta devant la toile. Nick la rejoignit, avec deux verres à la main.

— Le grand peintre Monet a peint cette scène une bonne dizaine de fois. On ne peut pas se lasser de la contempler.

— Je crois que je pourrais rester des heures devant. Mais, dites-moi, êtes-vous en possession de ce tableau ? Il vaut une fortune !

— Il m'a été offert. J'ai retrouvé des criminels de guerre nazis qui avaient dirigé des camps de concentration. Grâce à mon reportage, ils ont été extradés pour être jugés en Allemagne. Le propriétaire de ce tableau avait survécu à la déportation. Il n'avait pas de famille. Alors, il m'a légué ce tableau. « A celui qui a voulu que justice soit faite », avait-il écrit dans son testament.

— C'est un très beau geste.

— Depuis, je suis devenu collectionneur. J'ai un Picasso et un Matisse dans la bibliothèque, et je viens d'acquérir un Degas pour la chambre de Becky. Vous voulez les voir ?

— Bien sûr !

Nick était à juste titre fier de son appartement, et il lui en fit les honneurs. Les murs du très large couloir, qu'il appelait la galerie, étaient couverts de tableaux. Pour la plupart, des paysages signés par des artistes contemporains inconnus de Leslie. La bibliothèque, tapissée de livres, était meublée d'un secrétaire en bois précieux et d'un fauteuil de cuir. Nick y préparait ses émissions. Quant à la cuisine, toute blanche et ultramoderne, Leslie eut l'impression qu'elle n'était pas souvent utilisée. Un vaste balcon courait sur toute la largeur de l'immeuble. Les plantes vertes se mariaient aux meubles de rotin.

D'un ton neutre, Nick indiqua :

— Les chambres sont là-haut.

La jeune femme ne broncha pas. Elle savait fort bien que, si jamais elle entrait dans la chambre de Nick Justin, elle ne pourrait plus jamais se détacher de lui. Elle s'assit sur la balancelle de rotin, et il dut pousser un énorme ours en peluche pour venir s'installer auprès d'elle.

— Votre appartement est très agréable et parfaitement entretenu.

Il rit.

— Heureusement, il y a Sarah, mon employée de maison. Elle ne vient pas le week-end.

— Et quand vous devez voyager pour votre travail, elle s'occupe de Becky, je suppose ?

— Oui. Mais maintenant, depuis que j'ai ma fille avec moi, je ne pars jamais plus de deux ou trois jours d'affilée. Je me concentre plutôt sur des sujets locaux.

Des sujets comme le banquet des Edgar ! songea Leslie. Elle se souvint des grands reportages qu'il faisait auparavant et qui l'avaient rendu célèbre...

Il lui passa un bras autour des épaules et elle ne put s'empêcher de frissonner. Son cœur se mit à battre la chamade.

— Et vous ne regrettez pas ce choix ?

— Parfois, oui. Tenez, il y a peu, il y aurait eu un reportage très intéressant à faire sur un camp d'entraînement de terroristes en Bulgarie.

— Oui, mais vous ne l'avez pas fait.

— Pour l'instant, je ne peux pas. Quand Becky sera grande, je reprendrai peut-être la route. Voyez-vous, la seule femme de ma vie mesure un mètre trente et joue encore avec son ours en peluche !

Nick s'était rapproché et la regardait avec, dans les yeux, une expression qui la mit mal à l'aise.

— Je ferais mieux de partir. Vous pensez que Becky et Figaro vont bientôt rentrer ?

— Dans quelques jours, peut-être ! J'aurais dû vous prévenir : quand elle voit Anne-Marie, pour les séparer, il faudrait faire intervenir l'armée. Je ne l'attends pas avant plusieurs heures.

La voix de Leslie s'étrangla.

— Plusieurs heures ?

Il jeta un coup d'œil à sa montre.

— La maman d'Anne-Marie doit être en train de leur servir le dîner. Elle est de la vieille école. Pour elle, un pauvre célibataire dans mon genre est tout à fait incapable de nourrir Becky comme il faut, et comme elle sait que le week-end, je suis livré à moi-même...

Il lui sourit sans la moindre gêne. Leslie était atterrée.

— Vous auriez pu me prévenir. J'aurais...

— En fait, j'avais une idée derrière la tête.

Cette lueur diabolique dans ses yeux ! Leslie l'avait déjà vue. Son cœur battait si fort qu'il lui faisait mal. Elle se sentait d'autant plus vulnérable que Nick lui était apparu sous un jour nouveau et qu'il avait touché en elle une corde sensible.

— Je me demande bien comment je me suis laissé prendre au piège. Je suis coincée sur une terrasse, seule avec un enquêteur !

— Seule avec un homme. C'est bien plus dangereux.

Un séducteur, pensa-t-elle. Sa voix était si chaude que l'air semblait vibrer autour de Leslie. Il se pencha légèrement vers elle, et elle sentit la fièvre monter en elle.

Bravement, elle essaya de plaisanter :

— Je ne vous trouve pas si dangereux !

Mais ses grands yeux inquiets la trahissaient. Nick sourit, prit ses mains crispées dans les siennes et les caressa doucement jusqu'à ce qu'elles se détendent et s'entrouvrent.

— Voilà qui est mieux.

Il se pencha davantage et l'embrassa. Sans se poser plus de questions, Leslie lui rendit son baiser. Déjà, elle se savait incapable de résister.

Nick se redressa brusquement en regardant la main gauche de la jeune femme qu'il tenait dans la sienne.

— Fanny, où est votre bague ?

Cette question posée à brûle-pourpoint la mit en alerte.

— Ça ne vous regarde pas !

— Auriez-vous finalement eu assez de bon sens pour rompre ces fiançailles stupides ?

Leslie se hérissa de colère. De quel droit se permettait-il de porter un tel jugement ? Et même si c'était vrai, elle n'allait certainement pas lui avouer sa rupture !

— Je n'ai rien à dire à ce sujet.

Il ne se démonta pas pour autant.

— Je ne comprendrai jamais comment une femme aussi intelligente et sensible que vous peut être aussi naïve en ce qui concerne les hommes. Vous et Harald Clinton ! Voilà le comble du ridicule !

— Et pourquoi donc ?

— Il suffit de vous avoir vus une fois ensemble pour le penser. Certes, tous les deux, vous feriez une bonne publicité pour le mariage, mais il n'y a pas le moindre sentiment derrière. Peut-être est-ce un amant extraordinaire, mais vous devriez avoir déjà compris qu'il ne vous rendra jamais heureuse.

— Comment osez-vous dire une chose pareille ? Vous ne savez...

— Je sais que vous n'avez même pas pu lui parler de votre livre ! Vous trouvez que c'est une marque de confiance ?

— Mais je lui en ai parlé !

Leslie avait beau dire, elle n'oubliait pas la réaction d'Harald. Et Nick vit bien son désarroi.

— Et alors ? Que s'est-il passé ? *La Femme aux poisons* ne l'a pas convaincu de vos talents ?

Comment avouer qu'Harald ne l'avait même pas crue capable d'écrire un livre ?

— Il n'était pas particulièrement emballé.

— Ce genre d'activité ne convient pas à la future épouse d'un député, je suppose. Vous allez vraiment vous marier avec un type pareil ? Enfin, Fanny ! Réfléchissez un peu ! Clinton n'a aucun respect pour vous !

— Ah, vraiment ? Et qui vous l'a dit ?

En le voyant hésiter, Leslie comprit qu'elle avait deviné juste.

— Mon Dieu ! Nick ! Vous avez pris vos renseignements sur Harald ?

— J'ai mis le nez dans deux ou trois choses, c'est tout. Je me méfie de lui. Et vous feriez bien d'en faire autant. Ecoutez-moi un peu, car si vous deviez le découvrir vous-même, cela ferait bien plus mal.

— Si je découvre quoi ?

— Pour sa campagne, il a une caisse noire. Il est financé par des gens louches. Je ne peux pas encore le prouver de façon irréfutable, mais j'ai plus que des présomptions. Vous n'avez pas l'air surprise...

Elle hésita avant de répondre.

— A vrai dire, non, je ne suis pas surprise. Harald dépense tellement d'argent ! Pour l'emporter, il ferait n'importe quoi. J'ai voulu croire que tous ces dollars lui venaient de sa famille...

— Oui. Eh bien, sa famille, ce n'est pas très brillant non plus...

Elle leva les yeux vers Nick. Il semblait mal à l'aise. Elle comprit que le pire restait à venir.

— Vous savez autre chose ? Quoi ?

Il eut un geste évasif.

— Je crois vous en avoir déjà dit assez. Oubliez ce Clinton, Fanny.

— Vous affirmez qu'en fait il se moque de moi. C'est bien cela, non ? Alors, dites-moi ce que vous savez. Harald a une maîtresse, n'est-ce pas ? Ou deux, ou trois ?

A la façon dont il évitait son regard, elle comprit que c'était la vérité avant même que Nick lui réponde. Et, à sa grande surprise, elle en éprouva de la peine. Il parla avec une violence étonnante.

— Ne l'épousez pas, Fanny ! Faites ce que vous voulez avec lui, mais...

Elle parla sans réfléchir.

— Je ne fais rien. Rien depuis...

La jeune femme s'arrêta net et baissa les yeux. Elle avait les joues en feu.

— Depuis quand ?

— Vous le savez très bien.

Nick s'assit près d'elle, la prit dans ses bras et la força à le regarder.

— Dites-moi.

— Depuis la nuit où je vous ai rencontré.

Alors, la caresse de Nick sur la nuque de la jeune femme, sa bouche sur la sienne ranimèrent brusquement tous ses souvenirs. Et elle éprouvait cette même émotion qu'elle avait éprouvée, cette nuit-là, le même plaisir sauvage.

Leslie avait changé. Maintenant, bien loin de chercher à réprimer ses sentiments, elle leur donnait au contraire libre cours. Elle posa sa main contre la joue de Nick, puis ses doigts glissèrent dans la douce épaisseur de ses cheveux. Un gémissement lui échappa lorsqu'elle posa ses lèvres sur son cou brûlant.

— Tentatrice ! Vous ne savez donc pas à quel point je vous veux ?

Il embrassa la jeune femme avec une passion dévorante. Alors, elle se pressa contre lui. Lorsque les mains de Nick se glissèrent sous son chemisier pour effleurer la rondeur de ses seins, sa respiration s'arrêta. La caresse légère des doigts de Nick la

rendait presque folle. Il se mit à lui parler doucement à l'oreille.

— Vous n'êtes plus la même, aujourd'hui. Vous
paraissez tellement libre !

Oui, pensa-t-elle, je suis libre. Libre, enfin ! Il y
avait quelques jours encore, elle luttait désespérément pour tenter d'oublier Nick et l'attirance
qu'elle éprouvait envers lui. Jamais elle n'aurait osé
lui prendre la main pour la poser contre son sein,
comme elle le faisait maintenant si spontanément.

— Eh bien, Fanny ? Vous êtes libre ?

Dans un souffle, elle répondit :

— Oui. Mais je ne... Oh ! Nick !

Elle ne put achever sa phrase, entraînée dans un
vertige sensuel lorsqu'il reprit possession de sa
bouche. Dans cette étreinte, elle bascula sous lui et
sentit la force du désir qu'il avait d'elle.

— Fanny, j'ai tellement envie de vous ! Dites-moi
que vous aussi.

Incapable de parler, elle ne répondit pas.

— Vous avez peur ?

Elle hocha la tête, honteuse de sa puérilité.

— Pourquoi ? Vous savez bien que je ne vous ferai
pas de mal.

— Oui, Nick, je le sais, mais...

— Mais quoi, Fanny ? Vous me serrez si fort dans
vos bras que je sais que vous me désirez aussi.

— Oui, Nick. A en mourir. Je n'ai jamais éprouvé
un sentiment pareil, et cela me fait peur. Vous ne
pouvez sans doute pas comprendre.

— Laissez-vous faire, Fanny. Ne vous inquiétez
pas.

Il lui prit la main et la glissa sous sa chemise,
contre son torse. Au bout de ses doigts, Leslie sentait
les battements saccadés de son cœur. Comme pour
lui répondre, elle eut l'impression que son propre
cœur palpitait à l'unisson. Quand elle leva les yeux
vers lui, elle sentit toute raison l'abandonner. Entre
eux, maintenant, il y avait un tel sentiment d'ur-

gence que ni l'un ni l'autre n'aurait pu maîtriser son désir. Des mots s'échappèrent de la bouche de Leslie, presque à son insu.

— Oh! Nick, embrassez-moi.

Ce fut un baiser sauvage, fulgurant, qui acheva de réduire à néant les dernières résistances de la jeune femme. Impatiemment, les mains de Nick parcouraient sa poitrine, sa taille, ses hanches. Alors, elle commença elle-même à vouloir enlever son chemisier pour sentir son corps nu sous ses doigts.

Il se leva, la saisit dans ses bras et gravit l'escalier qui menait au dernier étage...

Le soleil couchant baignait la chambre d'une douce lumière dorée. La jeune femme, tremblante d'émotion, laissa Nick lui ôter ses vêtements, puis l'allonger au milieu du grand lit. Sur le visage penché sur elle, elle lut à la fois la passion et la tendresse. Jamais aucun homme ne l'avait regardée ainsi. Elle sut qu'elle ne lui refuserait rien.

Allongé près d'elle, il lui caressa les cheveux avec précaution comme s'ils étaient fragiles, comme s'ils pouvaient se briser. Les yeux clos, Leslie sentit qu'il libérait sa chevelure en enlevant une à une les épingles qui retenaient les longues mèches blondes. Son beau visage fut auréolé d'une masse mouvante et dorée qui descendait jusque sur ses épaules.

— Vous avez de beaux cheveux, Fanny.

Sa main, d'abord posée sur l'épaule de la jeune femme, glissa le long de son dos pour dégrafer la légère dentelle qui retenait encore prisonniers ses seins frémissants. Aussitôt, il se pencha et ses lèvres effleurèrent sa poitrine avant que sa bouche ne s'en empare. Tout son corps se tendit vers lui, mais elle essaya encore de protester, de plus en plus faiblement.

— Nick... non...

Il plongea son regard dans le sien tandis que sa main parcourait son corps, ses hanches, ses jambes.

A chaque caresse nouvelle, Leslie éprouvait une sensation de chaleur presque brûlante.

Il voulait la connaître tout entière, et elle ne pouvait se défendre de le vouloir aussi.

On eût dit que ses doigts étaient partout à la fois, sur ses seins, sur son ventre, à l'intérieur si doux et si sensible de ses jambes. Quand il remonta plus haut encore, elle essaya d'arrêter son geste.

— Nick, non, s'il vous plaît... je ne peux pas...

Mais il étouffa ses protestations dans un baiser et ses mains, inlassablement, poursuivaient leur folle ronde, balayant en Leslie toute volonté de résister. Quand il eut atteint le point le plus secret de son corps, elle ne voulut plus se défendre de rien et ne retint plus les gémissements de plaisir qui trahissaient son plaisir et son abandon.

— Que vous êtes belle, Fanny !

Bien que ses paupières fussent closes, Leslie sentait qu'il lui souriait. Elle prit son visage entre ses mains et l'attira contre elle. Ils restèrent ainsi immobiles, écoutant leurs cœurs battre follement à l'unisson. Puis ses caresses et ses baisers recommencèrent, jusqu'à ce que Leslie, éperdue, supplie Nick d'apaiser enfin le feu qui la consumait.

— Nick, s'il vous plaît...

Il roula sur le côté et la regarda. Ses yeux verts brillaient dans la lumière incertaine.

— Je savais que vous auriez cette expression-là, murmura-t-il. Sensuelle et sauvage.

Voilà des mots qu'on ne lui avait jamais dits, qui n'étaient pas faits pour elle. Mais elle vit son visage et elle le crut.

Elle n'était plus qu'attente de lui et, comme dans un rêve, elle regarda Nick se déshabiller. Il gémit sourdement en s'allongeant près d'elle. Et leurs peaux nues se rencontrèrent.

— Comme vous êtes douce...

Ils s'étreignirent comme s'ils ne voulaient plus former qu'un seul être.

— Oh! Mon Dieu! Fanny, je vous désire tant!
Dans un murmure elle répondit :

— Moi aussi.

Lorsqu'il vint sur elle, elle sentit les muscles de son dos rouler sous sa main et leva les yeux vers lui. Il la regardait, et Leslie sut qu'elle n'oublierait jamais l'expression qu'il avait à cet instant, dans la lueur cuivrée du crépuscule. Il parla d'une voix sourde, haletante, qui la fit vibrer corps et âme.

— Je vous veux, Fanny, maintenant.

— Oui. Nick... maintenant.

Pourtant, il poursuivit encore ce voluptueux prélude et, lorsqu'il la rejoignit enfin, Leslie eut l'impression que son corps allait exploser de bonheur ; elle se pressa contre lui de toutes ses forces, emportée par son plaisir. Un tourbillon d'émotions submergea la jeune femme. Elle ne contrôlait plus le mouvement de ses jambes, serrées autour des cuisses de Nick, ni les folles ondulations de tout son corps emporté par le désir. Et elle ne pouvait pas davantage retenir ses gémissements rauques et sauvages qui exacerbaient encore la passion de Nick. Alors, elle sentit la vague ultime du plaisir gronder en elle et ne put retenir le cri qui montait dans sa gorge. Elle rejeta la tête sur le côté et resta ainsi longtemps, le visage à demi caché, sans se rendre compte que Nick était aussi bouleversé qu'elle-même. Peu à peu, ils reprirent leur souffle, Nick vint se lover contre elle et la serra de toutes ses forces. Il murmura des mots de tendresse que la jeune femme ne put saisir.

Elle était bien trop bouleversée par la phrase qui avait jailli de ses lèvres, trop bas pour que Nick puisse l'entendre.

Elle avait murmuré :

— Je vous aime...

Etait-ce possible? Leslie savait bien que oui. Désormais, elle connaissait l'état de son cœur. En cet instant, elle ne pouvait tricher avec elle-même.

Elle aimait Nick Justin. Sans doute depuis le premier jour. Et lui-même ne devait pas l'ignorer.

Jamais elle ne s'était sentie autant en danger. Jamais le risque n'avait été aussi grand. Elle posa son visage contre la poitrine de son amant. Oh! si seulement le temps avait pu s'arrêter!

Nick, très doucement, se mit à lui caresser les cheveux et attendit que la jeune femme se détende.

— Fanny, comment vous sentez-vous?

— Merveilleusement bien.

La voix de Leslie était si faible qu'il la fit répéter.

— On est bien ensemble, vous ne pensez pas?

— Je suis incapable de penser. J'ai bien trop peur...

Il sursauta.

— Peur? Mais de quoi? Je vous ai blessée?

Il semblait vraiment inquiet, et elle répondit très vite :

— Mais non, vous ne m'avez pas fait mal. Seulement...

Elle aurait voulu ne pas lire une telle passion dans les grands yeux noisette pailletés de vert, ne pas voir avec quel naturel il la caressait, comme si le corps de la jeune femme lui appartenait plus qu'à elle-même.

— Seulement quoi?

Il s'arrêta. Leslie aurait tant voulu qu'il lui parle. Non pas qu'il dise : « Je vous aime », elle n'en espérait pas tant, mais des mots qui fassent de leur étreinte autre chose qu'une simple aventure sans lendemain.

Il se tut et la jeune femme ne se sentit plus la force de parler.

— Rien, murmura-t-elle.

Nick avait l'air d'attendre, lui aussi, de vouloir poser des questions. Mais il n'en fit rien, par une sorte de timidité peut-être. Il se mit à la caresser lentement tout en la berçant de mots tendres.

Leslie ne se rendit pas compte qu'elle s'endormait

dans ses bras. Lorsqu'elle s'éveilla, elle mit quelques secondes avant de savoir où elle était. Une de ses mains était posée sur l'épaule de Nick, et l'autre sur sa jambe.

Elle sursauta et voulut ôter sa main. Mais il la retint fermement, et la fit même glisser entre ses jambes. Elle eut l'air si choquée qu'il se mit à rire. Il l'attira sur lui et une cascade de cheveux blonds roula sur son visage.

— Vous allez bien, maintenant ?

Elle répondit par un baiser et, quand la main de Nick lui effleura les seins, elle sentit à nouveau le sang battre à ses tempes.

D'un doigt léger, elle caressa ce visage qui rayonnait de plaisir et sentit monter en elle un extraordinaire élan d'amour.

— Quand je pense à quel point j'ai eu peur du grand Nick Justin !

— Ah oui ? Et pourquoi ?

Elle se pelotonna tout contre lui et dit à mi-voix ·

— A cause du reportage.

— Celui sur la nuit des Edgar ?

Son ton s'était brusquement durci, mais Leslie n'y fit pas attention. Elle embrassait son torse, et ses doigts se perdaient dans l'épaisseur de ses cheveux.

— Bien sûr. Quand je pense que vous avez failli briser ma vie entière ! Si vous aviez diffusé cette enquête...

Il se raidit.

— Vous voulez dire que, maintenant, je ne le ferai pas ?

Cette fois, elle perçut à quel point son ton était devenu dur et cassant. Confusément, elle sentit une menace.

— Mais comment le pourriez-vous, maintenant ?

Leslie avait du mal à empêcher sa voix de trembler.

— Maintenant que nous sommes...

Il la repoussa violemment et la regarda d'un air farouche.

— Ainsi, c'était donc ça ! Vous vouliez me corrompre.

Leslie fut prise de panique, les mots se bousculèrent dans sa bouche.

— Mais, Nick, vous ne pouvez pas montrer cela à présent ! Vous savez tout de moi, et vous connaissez les conséquences que cela aurait. Pas après... Vous ne pourriez pas être aussi cruel !

Il se leva d'un bond et commença à se rhabiller à la hâte.

— Cela vous va bien de parler de cruauté, vraiment ! J'aurais dû m'en douter !

— Vous en douter ? Je n'y comprends rien !

Il la regarda et sa voix claqua comme un fouet.

— De ce que vous étiez ! J'aurais pourtant dû le savoir, mais vous étiez si belle que je ne voulais pas le croire !

Il frappa du poing l'appui de fenêtre, et les vitres tremblèrent.

— Mais je ne suis qu'un homme ! Qu'un pauvre idiot d'homme !

— Que se passe-t-il, Nick ? Je vous en prie...

— Ça suffit ! Inutile de prendre votre air innocent ! Vous avez tellement envie de me voir souffrir !

La jeune femme sortit du lit et ramassa ses vêtements.

— Je n'ai jamais voulu vous faire souffrir.

— Oh ! Bien sûr, vous ne l'avez pas voulu ! Seulement, voilà, quand on se sert des gens, ils souffrent !

— Je me suis servie de vous ? Moi ?

— Cessez au moins de me prendre pour plus naïf que je ne suis ! Pendant tout le temps où vous étiez dans mes bras, vous ne pensiez qu'à ce satané reportage ! Vous n'avez jamais pensé à autre chose ! D'abord, vous avez voulu m'échapper. Mais je vous ai retrouvée et vous avez essayé de m'apitoyer avec votre histoire ! Ensuite, vous vous êtes arrangée pour faire la connaissance de ma fille et me neutraliser de cette façon. Puis, pour couronner le tout et me ligoter définitivement, vous avez décidé de vous donner à moi !

— Ce n'est pas vrai !

Elle enfila son jean et son chemisier en toute hâte.

— J'ai rarement vu autant de détermination pour m'empêcher de faire mon métier. Mais l'émission aura lieu quand même, je peux vous l'assurer !

A son tour, Leslie se mit à crier.

— Bon sang ! Vous n'êtes pas assez fou pour croire ce que vous racontez !

— Les faits parlent d'eux-mêmes. Mais vous avez fait une petite erreur. Vous avez parlé trop vite du reportage. Si vous aviez seulement un peu attendu, j'aurais sans doute mis des semaines à voir clair dans votre jeu !

Il sortit et descendit l'escalier. Leslie le suivit en hurlant littéralement :

— Si vous pouvez vous raconter de telles histoires machiavéliques, c'est que vous, vous seriez capable de vous comporter de la sorte ! C'est pour ça que vous voyez des mensonges et des manœuvres dans tout ce que je fais ! Eh bien ! J'en ai assez de devoir sans cesse me justifier auprès de vous ! Diffusez donc votre reportage, et laissez-moi en paix !

Elle sortit de l'appartement en claquant la porte.

8

Elle ne sut même pas comment elle était rentrée chez elle et se laissa tomber sur le canapé, à bout de forces. Bonnie n'était pas là. Après tout, cela valait mieux. La jeune femme pouvait parfaitement imaginer ce que lui aurait dit son amie. Bonnie voyait des histoires d'amour partout. Elle lui aurait démontré par a + b que Nick tenait à elle. Pourquoi avait-il réagi avec une telle fureur ? Parce qu'il l'aimait. Si Leslie avait rétorqué qu'elle était aussi différente de lui que l'eau du feu, Bonnie aurait tranquillement répondu que les extrêmes s'attirent, et ainsi de suite... Elle avait toujours réponse à tout.

Leslie soupira ; elle aurait pourtant bien voulu pouvoir confier son désarroi à quelqu'un. En tout cas, une chose était sûre. Il ne fallait plus revoir Nick Justin. Jamais. Maintenant, il lui faudrait se contenter de vivre avec son souvenir... D'ailleurs il n'y avait qu'une seule explication à ses soupçons stupides, c'était qu'il réagissait en fonction de sa propre personnalité. Il ne s'intéressait à elle que dans la mesure où elle lui fournissait un bon sujet de reportage...

Elle se leva, secoua la tête comme pour mieux chasser ses pensées et alla dans la cuisine. Machinalement, elle se mit à préparer la pâtée de Figaro, pour enfin s'apercevoir qu'il n'était pas là.

Elle l'avait complètement oublié! Que faire? Aller le rechercher? Non! Jamais! C'était au-dessus de ses forces. Mais alors, c'est Nick qui le ramènerait. A moins qu'il n'envoie Becky. Pourvu que ce soit Becky...

Elle n'eut pas à se poser la question bien longtemps. Déjà, elle entendait les portes de l'ascenseur s'ouvrir et un aboiement joyeux qu'elle connaissait bien. La sonnerie retentit. Mon Dieu! faites que ce soit Becky, se dit-elle. Elle ouvrit, et faillit tomber en arrière sous la poussée de Figaro qui lui faisait fête.

Ce n'était pas Becky!

— Bonsoir.

Nick avait parlé d'une voix neutre, comme s'ils avaient été de parfaits étrangers.

— Bonsoir. Merci d'avoir ramené Figaro.

— De rien. Becky s'est beaucoup amusée avec lui.

— J'en suis ravie.

Pourquoi ne partait-il pas? Ils s'évaluaient du regard, comme deux adversaires, impitoyablement. Enfin, Leslie rompit le silence.

— Vous avez quelque chose à me dire?

— Beaucoup de choses, mais je les garderai pour moi.

— Tant mieux. Dans ce cas, je vous souhaite bonne nuit.

Elle allait refermer la porte, mais il avança d'un pas pour l'en empêcher.

— Il y a quand même une chose que je veux vous dire. Rassurez-vous, ce ne sera pas long.

Elle hésita, puis s'effaça pour le laisser entrer.

— Je suis venu vous dire que je vais interviewer

vos amis et vos collaborateurs à la fondation, pour mon émission. Je me suis dit que vous aimeriez les mettre au courant.

— Comment ? Vous ne le ferez pas !

— Vraiment ? Je vais leur parler de *La Femme aux poisons*, bien sûr. Alors, vous préférerez peut-être annoncer vous-même que vous êtes l'auteur. Si vous décidez de ne rien dire, ce sera également parfait. L'émission n'en sera que plus intéressante.

— Vous êtes une brute !

— Oh ! Voyons ! Vous pouvez trouver beaucoup mieux !

— Je vous méprise trop pour vous dire quoi que ce soit d'autre.

— Ah ! bon ? Depuis quand ?

Elle faillit s'étrangler de fureur.

— Oh ! Vous êtes le pire des...

Elle le regarda et se tut. Nick portait toujours les mêmes vêtements que cet après-midi, et cette seule vision la troublait. Même maintenant, malgré ce qui se passait.

— Je n'aurais pas cru que le grand Nick Justin puisse s'abaisser à une basse vengeance !

Il eut un petit rire amer.

— Une vengeance ? Pas du tout, c'est pour vous rendre service.

— Selon vous, si vous brisez ma vie, c'est par bonté d'âme ?

— Vous n'avez pas besoin de moi pour briser votre vie. Le plus gros du travail est déjà fait. Malheureusement, quand vous vous décidez à entreprendre quelque chose qui en vaut la peine, vous n'avez pas assez de cran pour aller jusqu'au bout.

— Pour qui donc vous prenez-vous ? Vous croyez que l'idéal de toutes les femmes est de partager votre lit ? Vous vous faites quelques illusions, monsieur Justin !

Froidement, il rétorqua :

— C'est de votre livre que je parlais.

— Oh...

Leslie se sentit rougir jusqu'aux oreilles.

— Voulez-vous savoir ce que vous êtes ? Une adolescente, une enfant. Il faudrait vous décider à ne plus vous comporter en bébé et à prendre vos responsabilités. Si vous avez envie d'écrire, écrivez. Si vous avez envie de travailler à la fondation, alors, faites-le. Mais quel que soit votre choix, assumez-le et arrêtez ces enfantillages ridicules !

Avant même que la jeune femme ait trouvé quelque chose à répondre, il était parti.

Plusieurs heures après son départ, seule dans l'appartement, Leslie pensait encore à lui. Et ses paroles revenaient sans cesse dans son esprit. Elle se sentait triste à mourir.

Il avait raison. Qu'était-elle donc en train de faire de sa vie ? Elle ne travaillait à la fondation que pour complaire à Prudence. Et elle n'avait accepté la proposition d'Harald que parce que Prudence était d'accord. Une adolescente, une enfant... C'était le mot juste. Ce travail, elle ne l'avait jamais aimé. Quant à Harald, mieux valait ne même pas en parler !

Brusquement, elle se revit dans les bras de Nick, nue, se donnant à lui avec passion...

A quel moment décida-t-elle de revoir Nick ? Elle n'en sut rien. Mais, petit à petit, cette idée s'imposa à elle, à l'exclusion de toute autre.

Des motifs ? Elle en avait des dizaines. Nick avait son Edgar, qu'elle pourrait montrer à Prudence pour expliquer pourquoi elle quittait la fondation. Elle pourrait aussi dire à Nick qu'elle allait tout révéler de son livre, et qu'elle se moquait bien de son reportage. Elle pourrait...

Mais, en fin de compte, une seule raison comptait... elle voulait revoir l'homme qu'elle aimait, entendre sa voix, lui expliquer qu'elle rompait avec son passé, et surtout voir le sourire approbateur qu'il aurait alors.

Un instant, elle se demanda si elle ne cherchait pas simplement un nouveau maître à penser. En essayant de gagner l'approbation de Nick, plutôt que celle de Prudence, ne passait-elle pas d'une domination à une autre ?

Mais non. Nick était différent de sa tante et d'Harald. Il ne voulait rien lui imposer. Son seul désir était qu'elle s'épanouisse. Depuis toujours, il n'y avait eu que deux personnes pour pousser la jeune femme à être elle-même : Bonnie et Nick. Pour regagner au moins l'estime de Nick, sinon son amour, elle était prête à se battre.

Qui sait ? Peut-être pourraient-ils être amis.

Elle prit enfin la décision d'agir.

Elle sortit de son sac la carte de visite qu'il lui avait donnée et composa le numéro de téléphone de sa ligne directe, à son travail. Occupé. A sept heures et demie du soir, au mois de juin, malgré la chaleur, il travaillait !

Leslie se tourna vers son amie d'un air décidé.

— Alors, je vais à son bureau.

— A cette heure-ci ? Attendez qu'il soit chez lui !

— Non, je préfère le voir en terrain neutre.

— Dans ce cas... Au moins, vous avez remarqué vous-même que vous n'avez pas exactement la tenue pour vous rendre à un rendez-vous d'affaires !

Leslie se regarda dans la glace. Elle portait une robe blanche agrémentée d'un collier de corail.

— Aucune importance. Cette robe est la moins chaude que je puisse trouver, voilà tout.

— Espérons qu'il ne va pas faire encore plus chaud...

Sans répondre, Leslie lui fit une grimace, puis elle descendit et s'engouffra dans un taxi.

Vingt minutes plus tard, elle sortait de l'ascenseur, au trente-neuvième étage du bâtiment de la télévision. Alors, sa belle confiance commença à vaciller.

Devant elle, le couloir était vide et silencieux. Elle s'était attendue à arriver dans une salle de rédaction animée et bruyante, avec des téléscripteurs qui crépitent et des journalistes affairés. En fait, elle était à l'étage de la direction et, à cette heure, il n'y avait personne.

Voir Nick au milieu de ses collègues ou le rencontrer en tête à tête, voilà qui changeait tout! Devant son bureau, elle hésita une fraction de seconde, puis frappa bravement à la porte.

— Entrez!

Nick, installé devant l'écran d'un magnétoscope, leva les yeux vers elle. Il avait l'air encore plus mécontent que surpris.

— Qu'est-ce qui me vaut l'honneur de votre visite?

Son ton ironique n'annonçait rien de bon.

— Je suis venue chercher ce qui m'appartient.

— Ah! bon! Vous auriez oublié quelque chose dans ma chambre?

Elle rougit. Ses rêves de réconciliation s'envolaient.

— Non. Vous avez mon Edgar; je veux le récupérer.

Il se renversa dans son fauteuil et la regarda, les bras croisés. Elle venait de marquer un point.

— Et qu'allez-vous en faire?

Elle oublia d'un seul coup toutes les explications qu'elle avait préparées.

— Il est à moi, et je veux l'avoir.

— Et que me donnez-vous en échange?

Il ne manquait pas de toupet! Elle explosa:

— Vous n'avez aucun droit de le garder!

Il éclata de rire. A l'évidence, il se moquait d'elle.

— Vous êtes un mufle!

— L'autre jour une brute, aujourd'hui, un mufle. Charmant! Allons, asseyez-vous, Fanny, et racontez-moi ce qui se passe. Car ce soir, vous êtes Fanny, n'est-ce pas ?

Elle s'assit sur le canapé sans répondre.

— Vous allez révéler que vous êtes l'auteur de *La Femme aux poisons* ?

— Oui.

— Pourquoi avez-vous pris cette décision ?

Il essayait de paraître indifférent ; pourtant, elle avait remarqué qu'une petite flamme s'était allumée dans ses yeux.

— Vous le savez. Je ne peux pas faire autrement.

— C'est encore ma faute, je suppose ?

— Mais non. Il le faut, c'est tout. Je veux avoir mon Edgar avec moi quand je parlerai à ma tante.

— Je comprends. Vous pourriez également lui montrer autre chose. Venez voir.

Il se leva et fit signe à Leslie de le suivre dans une petite salle de projection. Il prit une cassette, la plaça dans le magnétoscope, puis éteignit la lumière.

— Voilà une preuve irréfutable que vous êtes bien Fanny Duvall.

Le Plaza, la nuit des Edgar ! Un plan sur Nick, en smoking et chemise blanche. Quelques images de la foule, de la tribune. Elle et Ken Powell, à table, en train de rire. Ken lui tenait la main. La jeune femme fronça les sourcils. Elle ne s'était pas rendu compte à quel point ils pouvaient avoir l'air intimes ! Elle regarda Nick du coin de l'œil ; il ne bronchait pas.

Le plan suivant montrait Leslie à la tribune, en train de recevoir son Edgar. Cet instant merveilleux, elle l'avait oublié. C'était comme si Nick, maintenant, lui rendait sa victoire. Sur l'image, elle paraissait terriblement vulnérable, terriblement jeune aussi.

Puis la caméra revint sur Nick. A son insu, sans doute, son visage exprimait la sympathie, l'émotion même. Si seulement j'avais eu mes lunettes, pensa

Leslie, j'aurais vu ce regard-là ! J'aurais compris qu'il aurait pu être mon ami et non un ennemi.

Mais on ne pouvait pas refaire l'histoire... Maintenant, Nick s'approchait d'elle, micro en main. La façon dont elle avait répondu aux questions lui fit de la peine. Elle s'était, sans raison, montrée cassante et hostile. Nick ne pouvait, bien sûr, pas comprendre les raisons de cette attitude et s'il l'avait soumise à un feu roulant de questions, c'était pour se défendre. Quelle folie ! pensa Leslie. Comment dissiper ce malentendu ? Il était trop tard et tout était irrémédiablement gâché. Avec peine, elle retint les larmes qui lui montaient aux yeux.

Le film était fini. Perdus dans leurs pensées, ils n'échangèrent pas un mot avant d'être revenus dans son bureau.

— Qu'y a-t-il, Fanny ?

— C'est ce reportage. Non, non, ne vous fâchez pas, vous avez tout à fait le droit de le diffuser. Mais... il me rend triste.

— Pourquoi ?

Nick s'assit sur l'accoudoir du canapé. Son bras n'était qu'à quelques centimètres des épaules de la jeune femme. A le sentir si près de lui, elle se troublait, et son cœur battait plus vite.

— Parce qu'il me rappelle le comportement stupide que j'ai eu envers vous. Je me rends compte que j'ai été lâche. Et j'ai tellement honte !

— Allons, allons. Inutile de...

— Si. Je me suis conduite comme une enfant. Mais il y a pourtant une chose dont je n'ai pas honte. C'est...

Elle se troubla, mais reprit après quelques instants :

— C'est de m'être donnée à vous.

Le rouge monta aux joues de Nick.

— Ecoutez, Nick. Pour le reste, vous avez raison. Mais pour cela, non. Je ne pourrai jamais me donner à un homme sans...

133

Elle faillit dire « sans l'aimer », mais se reprit juste à temps.

— ... sans le désirer, lui.

— Mais hier, vous avez bien dit que...

— Oui. J'ai dit que, maintenant, vous ne pourriez plus faire l'émission. Je l'ai en effet pensé, mais il ne s'agissait pas du tout de faire pression sur vous. J'ai simplement cru que vous teniez suffisamment à moi pour ne pas le faire.

— Mais je tiens à vous !

Il parlait si bas que la jeune femme dut presque lire ses paroles sur ses lèvres.

— Voyez-vous, Fanny, à mon avis, ce ne serait pas vous rendre service que de mettre ce reportage au panier. Vous avez cru que je vous persécutais alors qu'en fait je voulais...

— Me faire devenir adulte ? Je sais. Sur le moment, je vous en ai terriblement voulu.

— Et maintenant ?

Il s'assit tout près d'elle.

— Maintenant ? Je... je ne sais pas.

— Vous ne m'avez pas pardonné, Fanny ?

Il passa un bras autour de ses épaules et, très doucement, l'embrassa sur la bouche. C'était un baiser tendre. Affectueux plus que passionné. Nick voulait lui exprimer son amitié, mais elle ne put s'empêcher de se presser contre lui, de glisser ses doigts dans sa chevelure. Quand il la regarda, les yeux de la jeune femme brillaient.

Soudain, il se passa quelque chose d'étrange. Seule la lampe posée près du canapé était allumée. Et, sous l'abat-jour blanc, son ampoule vira au rouge vif.

— Regardez ! Qu'est-ce qui arrive à la lampe ?

Déjà, la lumière redevenait normale.

— Une baisse de tension. Pas étonnant, avec cette chaleur, l'air conditionné doit être branché dans tout New York !

— J'ai cru que l'ampoule allait éclater.

— Eh bien ! Ne risquons pas ce genre d'incident !

D'un geste, il éteignit la lumière. A présent, le bureau n'était plus éclairé que par la lune. A travers la grande baie vitrée, les fenêtres de Manhattan brillaient comme des milliers d'étoiles. Leslie n'entendait plus que les battements fous de son propre cœur.

Tout doucement, il se mit à caresser ses épaules nues.

— Fanny ? Etes-vous vraiment venue récupérer votre Edgar, ou bien n'était-ce qu'un prétexte ?

Elle tendit la main et passa un doigt léger sur ses lèvres.

— Je voulais vous voir. M'excuser. M'expliquer. Mais je veux aussi mon Edgar. Quand je dirai à Prudence que je quitte la fondation...

— Comment ? Que dites-vous ?

— J'ai décidé de vivre de ma plume. Je ne serai jamais heureuse tant que je n'aurai pas essayé.

— Bravo, Fanny. Vous êtes magnifique !

— Mieux vaut tard que jamais. Alors, vous comprenez, je veux avoir mon Edgar avec moi pour lui parler. Ainsi, je me souviendrai de ce qui est en jeu, et je ne céderai pas !

— Vous devriez aussi amener un témoin, pour prouver que vous êtes bien Fanny Duvall. Le trophée, c'est bien beau, mais qui dit que vous ne l'avez pas trouvé au marché aux Puces ?

— Et qui serait ce témoin ?

— Moi, bien sûr ! Je serais curieux de filmer cette scène. Et puis, Fanny Duvall, moi, elle m'a toujours plu.

— Est-ce bien vrai ?

Il l'attira à nouveau dans ses bras.

Cette fois, il lui donna un de ces baisers brûlants dont le souvenir la hantait. Ses lèvres s'entrouvrirent et Leslie s'abandonna à ce plaisir qu'elle avait craint de ne plus jamais connaître. Il l'embrassait de plus en plus passionnément. Elle avait glissé sur le dos, et il était au-dessus d'elle. Dans un éblouisse-ment, elle sut que, bientôt, il allait lui demander de le suivre chez lui, et qu'elle accepterait.

Elle se pressait contre lui et son corps vibrait sous les mains caressantes de Nick. Quand il commença à dégrafer sa robe, elle comprit que, s'ils ne par-taient pas tout de suite, c'était ici qu'ils se donne-raient l'un à l'autre.

Soudain, la jeune femme eut à nouveau l'impres-sion que quelque chose d'inhabituel se passait, au-dehors. Elle leva les yeux vers Nick dont le visage se découpait en ombre chinoise sur le ciel clair. Les millions de lumières de Manhattan s'étaient éteintes !

— Nick ! Les lumières !

Toujours enlacés, ils regardèrent le spectacle incroyable de New York plongée dans l'obscurité. On n'entendait plus le ronronnement du climatiseur ni aucun bruit familier tel que le roulement de l'ascenseur. Le silence et l'ombre étaient impres-sionnants. Leslie éprouva une sourde angoisse. Elle se raidit et Nick, qui l'avait senti, réagit tout de suite avec calme.

— Eh bien ! Si nous devons rester bloqués ici, autant que ce soit le plus confortablement possible !

Il se leva et la jeune femme le vit passer dans la pièce voisine. Il en revint en tenant à la main des bougies de toutes tailles et de toutes sortes. Il alluma, les cala dans des cendriers et les disposa un peu partout dans la pièce, jusqu'à ce que le bureau en soit illuminé.

— Maintenant que nous avons de la lumière, nous devrions faire un sort à ce qui se trouve dans le réfrigérateur, non ?

Ce fut un vrai festin. Il y avait des crevettes, du raisin, des mandarines, sans oublier le champagne et la crème glacée !

Le temps semblait s'être arrêté. Leslie se sentait bien, heureuse d'être si près de Nick. Il était négligemment assis sur le canapé, les cheveux en bataille, la chemise entrouverte et les manches retroussées, une coupe de champagne à la main. La lumière des bougies adoucissait ses traits et lui donnait un air juvénile. La jeune femme ne l'avait jamais trouvé aussi séduisant.

Elle l'observait sans chercher à dissimuler son émotion. Nick surprit son regard et lui sourit avec cet air provocant qu'il savait si bien prendre lorsqu'il devinait ses pensées. Puis il posa son verre et Leslie lui ouvrit tout grands les bras.

— Ah ! Fanny...

Il couvrait de baisers son front, ses yeux, ses joues, avec une telle passion que la jeune femme avait l'impression qu'elle allait disparaître sous les caresses.

Lorsqu'elle prononça son nom, sa voix était si rauque qu'elle ne la reconnut pas. Dans les yeux de Nick dansaient les flammes des bougies. Déjà, Leslie sentait qu'elle ne s'appartenait plus. Dans un sursaut de conscience, elle essaya de protester.

— Nick ! On ne peut pas... Pas ici...

Mais ces mots, loin de l'arrêter, semblèrent au contraire décupler sa fougue.

— Pourquoi pas ? Croyez-vous au destin ?

— Oui.

— C'est le destin qui nous retient prisonniers dans ce bureau. Acceptons sa décision.

A cet instant précis, le courant se rétablit et la lampe se ralluma. Le charme est rompu, pensa-t-elle, affreusement déçue. Elle se redressa.

— Voilà un nouveau signe du destin. Je crois que je ferais mieux de m'en aller...

Il éteignit la lumière et la pièce retrouva son ambiance féerique. Déjà, les mains de Nick glissaient doucement sur le dos nu de la jeune femme. Haletante, elle se mit à lui caresser la poitrine, sous la chemise entrouverte.

— Non, mon chéri, non...

Mais il étouffa ses protestations dans un baiser. A présent, plus rien ne comptait que leurs caresses et le désir qu'ils avaient l'un de l'autre. La jeune femme croyait savoir de quelle passion il était capable et, pourtant, elle découvrait une pulsion élémentaire, primitive, qui venait du plus profond de lui-même. D'une main tremblante, il défit le nœud qui, dans le cou de la jeune femme, retenait sa robe d'été. Elle frissonna comme sous l'effet d'une décharge électrique lorsqu'il se mit à caresser ses seins.

— Embrassez-moi !

Il y mit tant de passion que la jeune femme s'embrasa. Les mains impatientes de Nick achevèrent de la déshabiller. Affolée par ses caresses à la fois brûlantes et précises, elle gémit.

— Nick. Oh ! Nick.

La boucle de métal de sa ceinture blessait sa chair tendre. Fébrilement, elle la dégrafa, mais sa main s'immobilisa. Elle ne pouvait ignorer la force de son désir.

— Continuez, Fanny. Ne vous arrêtez pas.

D'une main tremblante, Leslie abaissa la fermeture Eclair et fit glisser le vêtement. L'homme arracha ce qui le couvrait encore, comme si l'étoffe le brûlait. Sa peau luisait à la lueur des bougies, et il regarda Leslie avec une intensité tellement sauvage qu'elle en fut bouleversée et que le souffle lui manqua.

— Vous êtes si belle, si désirable !

Il caressa son visage avec une sorte de ferveur et, pour la première fois de sa vie, la jeune femme crut à ces paroles. Une à une, elle ôta les épingles qui retenaient son chignon et les opulentes boucles blondes glissèrent sur ses épaules.

Il enfouit son visage dans ses cheveux tandis que ses mains continuaient à explorer le corps vibrant et chaud de Leslie jusqu'en ses plis les plus secrets.

Au paroxysme du désir, la jeune femme ne cherchait même plus à retenir ses gémissements de volupté.

Elle tendit ses bras et, d'un mouvement passionné, elle attira sur elle ce corps aimé avec lequel elle aspirait à ne plus faire qu'un.

— Fanny, j'ai tellement envie de vous que je ne peux plus attendre.

— Maintenant. Venez.

Il poussa un cri sourd et Leslie oublia tout ce qui l'entourait. Une seule chose comptait : le sentir en elle. Tout de suite.

Il la rejoignit avec une force sauvage. Elle s'accrocha à lui comme une noyée et s'abandonna au rythme affolant de la passion partagée. Soudain, elle eut l'impression d'être soulevée de terre et le plaisir suprême éclata en elle avec l'éblouissante violence de l'orage dans un ciel clair. Puis elle resta immobile, épuisée, comblée.

Nick était allongé près d'elle dans une pose d'abandon qui l'émut. Elle se souleva sur un coude pour contempler le visage de son amour. Se lasserait-elle un jour de ce regard aux reflets changeants, à la profondeur mystérieuse ?

— Vous avez des yeux brillants comme des soleils.

— Et vous, vous avez les lèvres les plus douces du monde.

Il l'embrassa avec une douceur infinie.

— Je vous aime, Nick.

Les mots étaient sortis tout seuls. Il se redressa.

— Ne dites pas cela.

— Pourquoi ?

— Vous ne le pensez pas. L'un de nous va souffrir...

— Mais pourquoi ne le dirais-je pas, si c'est vrai ? Croyez-vous que je dise cela à n'importe qui ?

— Vous venez juste de rompre vos fiançailles. Je ne pense pas que vous puissiez déjà jurer un amour éternel à qui que ce soit. Pas encore.

Sa réaction la rendait folle. Elle se leva pour se rhabiller.

— Je dis ce qui me plaît. Et si vous n'êtes pas content...

— Que ferez-vous ?

Il y avait une petite lueur amusée dans son regard, mais Leslie ne la remarqua pas. Son attention était attirée par des bruits bizarres qui venaient du couloir. Si un collègue de Nick entrait...

Elle se dépêcha de nouer sa robe et lança son pantalon à Nick.

— Habillez-vous.

— Pourquoi êtes-vous si pressée ?

— Vous n'entendez pas, dans le couloir ? Je n'ai pas envie qu'on nous trouve dans cet état.

— D'accord. Je me charge de votre réputation...

A cet instant précis, la porte s'ouvrit brusquement et une voix bien connue de Leslie les apostropha.

— Il est un peu tard pour cela, vous ne pensez pas ?

Le visage de la jeune femme vira au gris cendre. C'était Prudence !

Son regard dur fit le tour de la pièce. Elle considéra longuement les coussins du canapé en désordre, les bougies, les sandales de Leslie jetées dans un coin, les reliefs du repas. La jeune femme sentit le feu lui monter aux joues. Nick, quant à lui, avait l'air tout à fait calme.

— Que faites-vous ici, mademoiselle Daniels ? demanda-t-il.

Prudence ne répondit pas. Mais il y avait une autre personne avec elle. Un gardien en uniforme gris.

— Eh bien ? Comment est-elle arrivée ici ?

— Elle voulait absolument que je la conduise, monsieur Justin. Elle disait qu'elle cherchait sa nièce qui avait disparu...

Leslie attendit que le gardien ait refermé la porte pour s'écrier :

— Disparu ? C'est absurde !

Prudence se décida enfin à parler, d'une voix sèche et pleine de colère.

— Il y a eu une panne de courant. Mais peut-être

ne vous en êtes-vous même pas rendu compte. Je me suis inquiétée et j'ai appelé chez vous.

— Et Bonnie vous a dit où j'étais. Voilà comment vous êtes arrivée ici pour m'espionner !

— Et je ne le regrette pas. Après ce qu'Harald m'avait raconté sur vous et Nick Justin... Il avait donc raison ! Dès que personne ne vous surveille, vous courez dans les bras de votre amant !

— Mon amant ! Oh !

Leslie suffoquait d'indignation. Non, elle ne pouvait pas appeler Nick son amant !

— Si vous êtes venue me demander quelles sont mes intentions...

— Je les devine. Vous devriez avoir honte.

Nick était toujours très calme, mais une flamme menaçante luisait dans ses yeux.

— Vous n'avez pas une très haute opinion de nous deux.

— Voyons, monsieur Justin, que pouvez-vous attendre d'une fille aussi parfaitement ordinaire que Leslie, à part une vulgaire satisfaction de vos instincts ?

— Tante Prudence ! Je vous en prie...

Prudence avait peut-être raison, mais c'était horrible à entendre. Nick se redressa de toute sa hauteur et déclara, parfaitement maître de lui :

— Oh ! Parlons-en, au contraire. D'abord, Leslie n'est pas une fille, c'est une femme. Et si elle n'est sans doute pas parfaite, elle n'est sûrement pas ordinaire. Je dois même vous dire qu'elle est l'une des femmes les plus exceptionnelles que j'aie jamais rencontrées.

Leslie n'en croyait pas ses oreilles. Si seulement il pouvait être sincère... Mais non, il voulait juste apporter la contradiction à Prudence.

D'un ton cruellement ironique, elle rétorqua.

— Les performances de Leslie ne m'intéressent pas ! Pauvre Harald ! Pas étonnant qu'il ait rompu ses fiançailles...

142

— Comment dites-vous ? Mais pour qu'il reprenne sa bague, j'ai dû la lui mettre de force dans la main !

Prudence eut un petit rire méprisant.

— Voyons, Leslie. Inutile de me raconter n'importe quoi : il a su et il a rompu. Pourquoi aggraver votre cas en mentant ?

— C'est moi qui ai rompu parce que je ne voulais pas épouser Harald ! Si j'ai d'abord dit oui, c'était pour vous faire plaisir !

— Comme si vous aviez jamais pensé à moi !

— Mais oui ! Je voulais vous agréer. Harald était le seul homme que vous approuviez.

— Et, bien sûr, son argent et sa famille n'ont jamais compté pour vous, sans doute !

— Cet aspect-là était bien plus important pour vous que pour moi. Tout ce que je voulais, c'était une vie normale avec un homme qui m'aurait aimée. Et puis...

Et puis quoi ? Elle avait rencontré Nick Justin, elle était tombée amoureuse et, d'un seul coup, cette vie « normale » ne la satisfaisait plus.

Mais elle vit l'expression de sa tante et comprit que jamais elle n'arriverait à le lui faire comprendre.

— Ne vous donnez pas tant de mal, Leslie. Je vois très bien ce qui est arrivé. Epargnez-moi les détails de cette liaison de pacotille. Mon Dieu, Leslie ! Vous êtes une Daniels ! Comment pouvez-vous nous déshonorer ainsi ?

Nick intervint. Ses yeux lançaient des éclairs.

— Un instant, madame. Je ne supporterai pas que vous insultiez Leslie devant moi. Je sais qui vous êtes, cela m'est égal ; si vous ne prenez pas la porte, c'est moi qui vous jetterai dehors !

— Je n'ai pas l'intention de rester dans ce lieu de vice. Et vous pouvez être sûr que je vais mettre un terme à... à cette conduite éhontée. Venez, Leslie.

A présent, la jeune femme avait repris son sang-froid. Elle secoua la tête et répondit d'une voix ferme.

— Non. Je ne suis pas une gamine à qui l'on dicte sa conduite. Il est vrai que je vous ai caché une partie de ma vie, mais c'était dans le but de vous protéger...

— Allons donc !

— C'est la vérité ! J'ai aussi eu peur de vous dire la vérité, mais puisque vous voulez une explication, j'y consens. Je n'ai avec M. Justin que des relations d'affaires.

Le visage de Nick se crispa, mais elle se raidit et continua.

— Parfaitement. M. Justin réalise un reportage sur moi.

— Allons, ma fille, ne dites pas de bêtises. Pourquoi diable réaliserait-il un reportage sur vous ? Monsieur Justin, si vous vouliez faire une enquête sur la fondation Daniels, vous n'aviez qu'à venir me voir. Et si, comme je le pense, ça n'était qu'un prétexte pour séduire cette enfant...

Leslie vit que le visage de Nick s'empourprait et elle intervint précipitamment.

— Mais non, ma tante. En fait, c'est l'inverse. Nick pensait que je cherchais à le séduire.

Nick secoua la tête, l'air interloqué.

— Au sens où il l'entendait, ce n'était pas vrai. Mais peut-être n'avait-il pas tout à fait tort. Voyez-vous, j'avais peur que Nick diffuse son reportage, parce qu'il voulait surtout parler de mon livre.

— Comment ? Quel livre ?

— Oui. J'ai écrit un roman policier. *La Femme aux poisons*. Je ne crois pas que cela vous plaira beaucoup.

— Mon Dieu ! Un roman policier !

— Il n'y a pas de quoi se mettre dans cet état. Je n'ai pas traîné dans la boue le nom de la famille. J'ai utilisé un pseudonyme. Mais j'ai commis une erreur...

144

— Et même plusieurs!

— J'ai été sélectionnée pour un prix littéraire. J'ai eu la sottise d'y aller et j'ai eu le prix. Nick était là. Depuis ce jour-là, j'essaie de le convaincre de ne pas faire son reportage sur moi. Mais je n'y arrive pas.

Prudence soupira.

— Je vois. Eh bien! Au moins, maintenant, toutes ces folies vous sont sorties de la tête, j'espère.

— Non, bien au contraire! Je suis même d'accord pour qu'il fasse son émission parce que je suis fière de *La Femme aux poisons*. Jamais je n'ai été aussi fière de ce que j'ai pu entreprendre.

— Alors, pourquoi avoir caché que vous en étiez l'auteur?

— J'étais sûre que vous me désapprouveriez. Je ne voulais pas vous faire de peine.

— Pourtant, c'est fait. Comment pourrai-je garder la tête haute, maintenant, après ce... ce scandale!

Prudence saisit Leslie par le bras.

— Je vais mettre bon ordre à vos fredaines. Rentrez à la maison immédiatement. Quant à M. Justin, il va annuler son reportage, à supposer qu'il existe. Si vous voulez écrire, il y a largement de quoi vous occuper à la fondation!

Elle tourna les talons, mais Leslie ne bougea pas d'un pouce.

— Je n'irai plus à la fondation.

Prudence se retourna, les yeux écarquillés.

— Répétez cela!

— Vous m'avez bien entendue. Je démissionne de la fondation. Je gagnerai ma vie en écrivant.

— C'est impossible!

— Oh! non. Vous vous débrouillerez très bien sans moi. D'ailleurs, j'ai d'excellents candidats à vous recommander...

— Leslie, vous êtes une Daniels! La fondation doit passer en premier lieu! Pensez à votre père!

Cette fois, Nick ne put se taire davantage.

— Et son talent, qu'en faites-vous ? Et ses espoirs ? Et ses rêves ?

Mais on ne pouvait pas venir à bout de Prudence si facilement.

— Et sa famille ? Et son devoir ? Et sa loyauté ? Voyons, comment avez-vous pu tourner le dos à l'idéal de votre père pour écrire des... des romans policiers. Ce pauvre Harrison doit s'en retourner dans sa tombe !

— J'en suis certaine, mais ce n'est pas à cause de moi.

Prudence se redressa, le regard étincelant.

— Vous ne voulez pas insinuer qu'il ne serait pas d'accord avec la façon dont je perpétue son œuvre !

— Son but était d'aider les gens à être libres ! Il ne rêvait sûrement pas de faire de moi une esclave !

Ce qu'elle retenait en elle depuis des années était enfin sorti ! Très digne, Leslie sortit, la tête haute.

Le crépuscule tombait doucement sur Manhattan. Sous la tonnelle de Central Park, à sa place habituelle, Leslie songeait aux événements des dernières vingt-quatre heures. Comme d'habitude, Figaro était couché à ses pieds et elle avait son bloc sur les genoux, mais elle était ailleurs.

Le matin, elle s'était rendue à la fondation pour débarrasser son bureau. Prudence l'avait soigneusement évitée.

Et Nick Justin ne s'était pas manifesté.

Tant pis, se dit-elle en soupirant. Lorsqu'il avait pris sa défense, cela avait été merveilleux, même s'il ne le faisait que par galanterie. Cela avait été merveilleux de croire, ne fût-ce qu'un instant, qu'il pouvait y avoir entre eux plus qu'une brève aventure.

Mais puisque ce n'était pas le cas...

Leslie se mordit les lèvres. Allons, il fallait regarder la réalité en face. Elle aimait Nick Justin de toute son âme, mais s'il ne lui rendait pas cet amour, il ne fallait rien regretter. Cette rencontre avait illuminé sa vie, lui avait permis de devenir enfin elle-même.

Elle caressa Figaro. Devant eux, le ciel virait lentement du bleu pâle à l'indigo. On n'entendait que le glissement furtif des écureuils dans les arbres, le coassement des grenouilles et le clapotis de l'eau contre la rive.

Soudain, un nouveau bruit vint se mêler aux autres. Un son mat. Leslie se redressa, l'oreille aux aguets.

Le bruit recommença. Enfin, Leslie l'identifia comme le battement d'une rame. Sur l'étang, quelqu'un se déplaçait en barque. Elle frissonna. A cette heure-ci, tous les bateaux étaient à quai. Celui qui se trouvait là avait sûrement forcé la chaîne ! C'était sans doute bien innocent, mais interdit !

Elle sourit. Qui donc prenait ainsi le risque de se faire emmener au poste de police pour un petit tour en bateau ? Un fanatique du sport ? Des gamins ? Ou peut-être des amoureux séduits par la douceur du soir ?

A cette pensée, son cœur se serra. Oui, c'étaient sûrement des amoureux. Elle n'avait pas le cœur de s'en assurer. Pas ce soir.

Elle rangea son bloc dans son sac et se prépara à partir ; la barque était tout près. Elle avait fait erreur. Il n'y avait qu'une personne à bord.

La surprise la fit se rasseoir sur le banc. Les épaules larges et le mouvement rythmé du rameur la fascinaient. Cette silhouette, elle ne la connaissait que trop.

Pour elle-même, elle murmura :

— Mais non, ce n'est pas possible...

Figée, elle regardait approcher l'embarcation qui venait droit vers elle. Le cœur de la jeune femme se mit à battre follement. Le rameur s'arrêta un instant pour s'essuyer le front.

Oui. C'était Nick Justin !

Elle l'avait reconnu bien avant qu'il n'accoste. C'était pour venir à elle qu'il avait chipé cette barque. Et, bien sûr, il avait su où la trouver.

— Bonsoir, Fanny. Si nous allions faire un tour ?

— Pourquoi ?

— Pourquoi pas ? Prenez donc Figaro.

Leslie ne se le fit pas dire deux fois.

— Comment m'avez-vous trouvée ?

— Le flair !

Dans la pénombre, elle devina son sourire plus qu'elle ne le vit. Il appuya vigoureusement sur les rames et la barque s'éloigna du rivage. Pendant quelques minutes, ils gardèrent le silence. Leslie était si tendue que ces quelques instants lui semblèrent durer une éternité.

— Fanny, il faut que nous parlions. Que tout soit clair entre nous.

— Non, il ne faut pas. Ne dites rien.

Il allait lui expliquer qu'il n'y avait eu entre eux rien de plus qu'une aventure, dire qu'il ne l'aimait pas. Jamais elle ne pourrait le supporter...

— Fanny, il faut que vous sachiez ce que j'éprouve.

Il semblait trouver ses mots difficilement.

— S'il vous plaît, Nick, taisez-vous. Nous sommes amis, n'est-ce pas ?

— Croyez-vous ? Après la façon dont vous êtes partie, hier soir ! Et vous ne répondez pas au téléphone...

— Excusez-moi. J'avais besoin d'être seule.

Leslie laissa traîner sa main dans l'eau. Son regard était fixé sur les mains de Nick, crispées sur les rames.

— Je comprends. Moi aussi, je voulais être seul. Après Cynthia... je me suis retiré dans ma tour d'ivoire. Je ne voulais plus qu'on me fasse du mal. Plus jamais.

Leslie comprit où il voulait en venir. Il allait lui

expliquer pourquoi il n'était pas prêt à quelque chose de sérieux.

— Et ça a marché, Fanny. J'étais parvenu à me convaincre que ce désir brûlant de posséder une femme, corps et âme, on ne l'éprouvait qu'une fois dans sa vie. Que ça n'arrivait qu'aux jeunes. Je me croyais immunisé...

Il poussa sur les rames et le bateau bondit en avant.

— Et puis, un soir, Fanny, je suis allé à la remise d'un certain prix littéraire et j'ai vu une femme. Une jeune fille plutôt qu'une femme, d'ailleurs. Pas vraiment mon type. Trop grande, trop mince, trop douce. Mais quand je l'ai regardée dans les yeux, le cœur m'a manqué, et je me suis dit : ce n'est pas possible. Pas deux fois en une seule vie !

Stupéfaite, Leslie le regardait, bouche bée.

— Je sais, j'ai été épouvantable avec vous. Mais vous étiez avec Ken Powell, et il était marié, je le savais. J'ai compris quel genre de femme vous deviez être, et je m'en suis voulu d'être si vulnérable, de me laisser attirer par vous. Je vous désirais tant que ma vie devenait impossible. Alors, j'ai rendu votre vie impossible aussi.

— C'est le moins qu'on puisse dire !

— Pauvre Fanny ! Vous avez dû me haïr.

— J'ai pensé que vous étiez insupportable, que je n'avais jamais rencontré un homme aussi arrogant. J'étais terrifiée. Vous aviez l'air de me détester...

— Et vous savez pourquoi ? J'étais sûr que vous étiez comme Cynthia. Et puis vous aviez l'air si intime avec Powell !

— Intime ? Oh ! Non !

Et elle lui expliqua comment elle avait rencontré Ken.

— Ainsi donc, ce n'était que ça ? Quand je vous ai vue dans ses bras, j'ai eu des idées de meurtre. Et quand vous êtes partie en courant, j'ai bien cru ne plus jamais vous revoir...

— Alors, vous m'avez tendu le piège du taxi.

— Oui. Il était évident que vous aviez quelque chose à cacher. Je me suis dit que si je faisais une enquête sur vous, je guérirais. Dans vos secrets, il devait y avoir du louche. Seulement, voilà, dans le taxi, je n'ai pas pu m'empêcher de vous embrasser. J'ai été odieux avec vous. Pourrez-vous jamais me pardonner, Fanny ?

Elle dit doucement :

— Il y a longtemps que c'est fait.

— Vous mentiez, c'était évident ! poursuivit-il. Plus je cherchais, plus je trouvais vos agissements suspects. Mais plus j'étais avec vous, plus je vous désirais. Je me disais que tout recommençait, que je m'éprenais d'une femme sans scrupules et sans cœur.

— J'aurais voulu vous dire la vérité tout de suite. Dans le taxi, j'ai failli le faire !

— Si seulement !

— Mais j'avais trop peur. Par moments, vous sembliez compréhensif, et la seconde d'après, vous étiez tellement odieux ! Je ne pouvais pas faire confiance à un homme qui me traitait de la sorte.

— Quand je vous ai perdue, sur ce quai de métro...

— Vous aviez l'air d'un chasseur qui traque sa proie !

— Je me suis rendu compte que je ne savais même pas votre nom. Que je ne vous retrouverais peut-être jamais. C'était terrible. Et j'ai eu très peur, moi aussi. Après cette agression, je croyais que vous me faisiez confiance. Mais je me suis dit que si vous vous cachiez ainsi de la police, c'était que vous aviez vraiment fait quelque chose de répréhensible. Heureusement il y a eu Mildred, ma vieille amie. Je suis allée la voir. Sans elle, je ne vous aurais jamais retrouvée.

Leslie hésita.

— Nick, quand vous avez compris que je n'étais

qu'une gamine, que j'avais peur, qu'avez-vous pensé?

— Oh! Fanny, j'ai eu envie de vous prendre dans mes bras, de vous serrer très fort, de vous dire que plus personne ne vous ferait de mal.

— Pourquoi ne l'avez-vous pas fait?

— Je ne le pouvais pas! Vous étiez fiancée et vous ne pouviez pas me supporter.

— Jamais de la vie! Je pensais que c'était vous qui me détestiez!

Nick rentra les rames et la barque se mit à dériver doucement au fil de l'eau. Alors, il prit les mains de la jeune femme dans les siennes et les serra très fort.

— Nick, vous avez dû me prendre pour une gamine épouvantable...

— Vous n'êtes pas une gamine, Fanny. Hier soir, j'étais si fier de vous voir sortir la tête haute!

Elle sourit.

— Vous avez été merveilleuse. Je vous ai aimée plus que jamais!

Leslie eut l'impression que tout l'oxygène de la planète disparaissait d'un seul coup.

— Vous...

— Je vous ai aimée. Je vous aime. Hier, aujourd'hui, toujours.

— Mais... hier soir, vous ne vouliez pas que je le dise, moi!

— J'avais peur de l'entendre. Peur que vous ne le pensiez pas vraiment. C'était toujours vous qui partiez, vous savez.

Elle se laissa glisser dans ses bras.

— Je ne le ferai plus jamais, mon chéri.

Ils s'embrassèrent avec toute l'ardeur de leur passion ressuscitée, et la barque se mit à tanguer dangereusement. Leslie posa sa tête sur les genoux de Nick. Elle était épuisée, mais aussi comblée au-delà de tout espoir.

— Et maintenant, Nick ?

— Maintenant, je vais vous emmener chez moi et vous garder toute la vie.

Il s'arrêta pour lui décocher un sourire malicieux.

— A moins que vous ne préfériez être seule...

Il effleura sa robe et elle vibra de plaisir.

— Vous êtes sûre ? Après tout, vous n'avez jamais vécu seule. Vous n'avez jamais été vraiment indépendante. Peut-être en avez-vous besoin ? Si c'est le cas, alors, faites-le. Je vous attendrai le temps qu'il faudra...

Leslie leva les yeux. Jamais il ne lui avait paru si vulnérable...

— Ne me dites pas ce dont j'ai besoin, monsieur Justin. Je suis assez grande pour le savoir toute seule.

Il eut un sourire apaisé.

— Il faut que je vous prévienne. Je ne suis pas facile à vivre. J'ai un enfant, un travail éreintant et, à ce qu'on dit, un caractère de chien !

— Allons, assez tourné autour du pot !

Il l'attira pour chuchoter à son oreille :

— Je vous aime plus que tout au monde. Mais ce n'est pas une raison pour que vous m'épousiez. Quoi qu'il arrive, mon amour vous est acquis. Et franchement, Fanny, je crois que vous pourriez trouver bien mieux que moi !

Le cœur de la jeune femme cognait dans sa poitrine.

— Sûrement. Seulement, voilà, j'ai un petit problème. Je vous aime. Je n'aime que vous.

Elle se haussa jusqu'à ses lèvres pour l'embrasser avec une fougue qui ne laissait aucun doute sur ses sentiments. Les bras de Nick se refermèrent sur elle.

— Et puis, votre fameux flair de journaliste aurait déjà dû vous dire que nous étions faits l'un pour l'autre...

— Vous voulez bien prendre le risque de m'épouser ?

— Oui, pour le meilleur et pour le pire.

— Et comme le pire est passé...

— ... il nous reste le meilleur !

Ce livre de la *Série Désir* vous a plu. Découvrez les autres séries Duo qui vous enchanteront.

Romance, c'est la série tendre, la série du rêve et du merveilleux. C'est l'émotion, les paysages magnifiques, les sentiments troublants. *Romance*, c'est un moment de bonheur.

Série Romance : 2 nouveaux titres par mois.

Harmonie vous entraîne dans les tourbillons d'une aventure pleine de péripéties. *Harmonie*, ce sont 224 pages de surprises et d'amour, pour faire durer votre plaisir.

Série Harmonie : 4 nouveaux titres par mois.

Amour vous raconte le destin de couples exceptionnels, unis par un amour profond et déchirés par de soudaines tempêtes. *Amour* vous passionnera, *Amour* vous étonnera.

Série Amour : 2 nouveaux titres par mois.

Coup de foudre, une série pleine d'action, d'émotion et de sensualité, vous fera vivre les plus étonnantes surprises de l'amour.

Série Coup de foudre : 4 nouveaux titres par mois.

Pays lointains est une série qui vous emportera vers des horizons inconnus, au fil d'une histoire d'amour palpitante vécue dans des paysages enchanteurs. *Pays lointains*, c'est le monde entre vos mains.

Série Pays lointains : 2 nouveaux titres par mois.

Série Désir : 4 nouveaux titres par mois.

Duo Série Désir n° 145

STEPHANIE JAMES
Les pièges de la nuit

Fuir... Fuir le passé, les souvenirs, le danger.

Reconstruire sa vie, lui donner un sens,
songer à l'avenir.

C'est dans cet état d'esprit que la jolie Cassie Bond
cherche refuge, par un soir de tempête,
dans sa nouvelle maison, une demeure solitaire
dressée sur une falaise, au cœur d'un paysage
sauvage et tourmenté.

Et soudain, contre toute attente, des coups
résonnent à la porte. Dans la pénombre, Cassie
reconnaît la silhouette de Justin Drake, l'homme
qu'elle voulait oublier. Il l'a retrouvée! Justin,
mystérieux et inquiétant comme cette nuit d'orage.
Justin, bien décidé à prendre sa revanche
en séduisant Cassie. De ce combat où deux volontés
s'affrontent, l'amour peut-il sortir vainqueur?

Duo

Série Désir

Duo Série Désir nº 147

ARIEL BERK
Captive d'un secret

Sous le pseudonyme d'I.D. Gourmandes, la ravissante
Claire Barrett fait et défait la réputation des
plus luxueux restaurants new-yorkais. Son style
plein d'esprit, ses critiques acérées font la joie
de ses lecteurs! Personne n'est épargné, pas même
le richissime Gregory Evans, propriétaire de l'Etoile,
l'établissement le plus huppé de la ville.

Furieux, Gregory exige une rencontre avec l'auteur
de l'article qu'il juge infamant.
Sans réfléchir, Claire se présente comme
l'amie personnelle d'I. D. Gourmandes au moment
même où, troublée, elle croise son regard
extraordinaire, presque noir, pailleté d'or.

Dès lors, Claire est prise au piège.
Continuer à mentir à Gregory serait trahir
la confiance qu'il a placée en elle.
Avouer la vérité reviendrait à le perdre.

Série Désir

Duo Série Désir n° 148

SARA CHANCE
Rêves d'été

Un prince des ténèbres...

Beau, sombre, Gary Tyler surgit, un soir, dans le pub
que dirige Kathleen, à Palm Beach. Son but ?
Arracher Lydia, sa nièce, à la protection de
la jeune femme, qui aide l'adolescente à traverser
une crise difficile. Ses moyens ?
L'arrogance et le charme. D'emblée, ils s'affrontent.
Dominateur, Gary détaille Kathleen avec un aplomb
qui la révolte et l'émeut tout à la fois.

Pourtant, intrigué par la déroutante tranquillité
de la jeune femme, il se laisse observer à son tour
avec l'aisance d'un homme de pouvoir, sûr de sa force
et de sa volonté. Un duel étrange s'engage alors,
implacable. Mais au jeu dangereux de la séduction,
Kathleen ne risque-t-elle pas d'être
très vite désarmée ?

Duo

Série Désir

Achevé d'imprimer sur les presses de l'Imprimerie Bussière
à Saint-Amand-Montrond (Cher)
le 30 octobre 1985. ISBN : 2-277-85146-9. ISSN : 0760-3606
N° 1289. Dépôt légal : novembre 1985. Imprimé en France

Collections Duo
27, rue Cassette   75006 Paris
diffusion France et étranger : Flammarion